Mission Bonheur

Une nouvelle vie

L'auteur

Jessie Williams a toujours aimé la nature et les animaux. Quand elle était petite, elle passait tout son temps dehors avec ses meilleurs amis, Candy, une petite chèvre, et Pepper, son gros chien noir. Quand elle ne pouvait pas sortir, elle se consacrait à sa deuxième passion : les livres. Aujourd'hui, elle habite au Canada, entourée de son mari, de ses deux enfants, de son chat, de ses trois chiens, de ses poules et de ses chèvres, sans oublier son immense bibliothèque.

Dans la même série :

Une nouvelle vie
Un cheval de rêve
Un drôle d'ami
Inséparables !
Courage, Laura !

Jessie Williams

Mission Bonheur

Une nouvelle vie

Traduit de l'anglais
par Vanessa Canavesi

POCKET JEUNESSE
PKJ·

Titre original :
City Farm: Emily and Patch

Publié pour la première fois en Angleterre en 2013
par Curious Fox, an imprint of Capstone Global Library Limited

Remerciements particuliers à Thea Bennett.

Loi n° 49-956 du 16 juillet 1949 sur les publications
destinées à la jeunesse : septembre 2017.

ISBN 978-2-266-24123-6

Dépôt légal : septembre 2017
Suite du premier tirage : mars 2018

Pour Janice, Shane et Vesty.

Prologue

Émilie parcourut la salle du regard : elle était pleine à craquer. Devant la scène, des rangées de parents d'élèves la fixaient, attendant le début du spectacle de Pâques. Mais aucune trace de son père. Où était-il ? Il avait promis qu'il viendrait.

Émilie essaya de se rappeler la première strophe du poème qu'elle devait réciter. Ça parlait de nuages et de jonquilles… Mince ! Qu'est-ce que c'était, déjà ? Elle avait pourtant dit à sa maîtresse qu'elle ne voulait pas prendre la parole devant tout le monde, mais Mme Turner n'avait rien voulu savoir.

« Tu dois participer, Émilie, avait-elle déclaré. Cela fait trois mois que tu es à Parkside. Il faut que tu t'intègres à la classe. »

Mais Émilie ne se sentait pas à sa place dans sa nouvelle école. Toutes ses camarades avaient déjà leurs copines. Et chaque fois qu'Émilie voulait discuter avec elles, ses lèvres restaient collées et son esprit se vidait d'un seul coup. Exactement comme maintenant.

Émilie chercha à nouveau les premiers mots du poème. Impossible de s'en souvenir. Hier encore, elle le connaissait par cœur... Mais aujourd'hui, elle était trop fatiguée et ses idées se mélangeaient.

Un brouhaha se fit entendre lorsque les CP montèrent sur scène, un bonnet aux pétales jaunes sur la tête. Les « jonquilles » vinrent se placer en ligne devant une grande toile peinte représentant une prairie où des agneaux gambadaient dans l'herbe.

Mme Turner fit un geste à Émilie.

« À toi ! » articula-t-elle avec un sourire encourageant.

Émilie serra les poings et se força à se lever.

— J'allais solitaire..., commença-t-elle d'une voix hésitante. J'allais solitaire ainsi qu'un nuage...

Émilie inspira profondément. Ouf ! Elle se souvenait du premier vers.

À cet instant, il y eut de l'agitation au fond de la salle. Le père d'Émilie venait d'entrer en trombe par les portes battantes. Il portait son costume de travail et paraissait énervé. À son tour, Denise, la belle-mère d'Émilie, entra avec la poussette. Tout le monde se retourna pour voir qui faisait autant de bruit, et Émilie devint rouge comme une tomate.

Bon, au moins, son père avait fait l'effort de venir. Il lui fit un signe de la main en s'asseyant.

La fillette se détendit un peu et reprit :

— J'allais solitaire…

Un braillement s'éleva du fond de la salle.

Émilie aurait reconnu ce cri entre mille. C'était celui de son demi-frère Léo, qui l'avait empêchée de dormir une bonne partie de la nuit :

— Je-je-j'allais…, bégaya Émilie.

Elle entendit des CP glousser derrière elle. Ses yeux se remplirent de larmes.

« Gloubi-boulga ! » Elle imagina sa mère lui chuchoter à l'oreille leur formule secrète pour chasser les chagrins. Ça marchait à tous les coups ! Mais pas cette fois. Une grosse larme roula sur la joue d'Émilie. Puis une autre, et une autre encore. Elle vit son père la fixer, le visage tendu. Vite ! Il fallait qu'elle sorte avant que les choses n'empirent.

Aveuglée par les larmes, elle quitta la scène en courant.

— Émilie ! appela Mme Turner. Émilie, reviens !

Mais la fillette ne l'écouta pas. Elle se précipita vers la porte de derrière et traversa la cour de récréation. Elle aurait voulu s'enfuir loin, pour retrouver son ancienne vie… La vie avec sa maman.

Mais tout cela était bel et bien terminé, maintenant.

Chapitre premier

— À ce soir, maman !

Anita Roy adorait venir à la Petite Ferme. Même s'il faisait un peu froid en ce début de vacances de Pâques, elle était impatiente d'y retourner. Elle claqua la portière de la voiture et contempla le portail en fer forgé.

Tout en haut, un écriteau entouré de dessins d'animaux indiquait « La Petite Ferme » en grosses lettres vertes.

Anita s'étonnait encore que ce lieu magique existe, coincé entre les immeubles, la route et la voie de chemin de fer. Dans cet environnement insolite, il y avait une vraie ferme, avec des animaux, des champs, et même des écuries !

Des gouttes de pluie glacée se mirent à tomber et Anita enfonça son bonnet sur sa tête. Sa maladie avait fait tomber ses magnifiques cheveux noirs. Avant, ils lui arrivaient à la taille. Maintenant, ils commençaient tout juste à repousser. Sa mère avait beau dire qu'ils étaient aussi doux que la fourrure d'un chaton, Anita, elle, préférait porter un chapeau ou un foulard pour les cacher.

Elle souleva le loquet du portillon en bois et entra. En cette période de vacances, quelques visiteurs matinaux flânaient déjà dans la cour et s'extasiaient devant les animaux dans leurs enclos.

Anita s'avança et, aussitôt, les poules se précipitèrent vers elle dans un concert de piaillements et de battements d'ailes.

— Oh, les gourmandes ! Vous ne m'aurez pas cette fois, dit-elle en souriant. Kerry vous a déjà donné votre petit déjeuner !

La tête penchée sur le côté, les volatiles fixèrent Anita, comme pour la supplier : « Mais non, regarde ! On meurt de faim ! » La fillette soupira. Comment résister à leurs minuscules yeux noirs et à leurs jolies plumes ? Elle ouvrit sa boîte à repas, remplie à ras bord. Les docteurs avaient conseillé à Anita de bien manger pour retrouver des forces après sa leucémie, mais elle n'arriverait jamais à avaler tout ça ! Elle choisit deux samossas aux légumes, les brisa en petits morceaux et les éparpilla au sol. Les poules se jetèrent sur les miettes dans un nuage de plumes marron, noires et orange.

Anita repartit en pouffant. Alors qu'elle approchait de l'écurie, un poney noir et blanc, l'un des plus anciens pensionnaires de la ferme, passa la tête par la porte de son box et la salua d'un hennissement sonore.

— Bonjour, Stanley, répondit Anita.

Elle s'apprêtait à lui chatouiller le menton lorsque la porte de la grange s'ouvrit sur Richard Trent, le directeur de la ferme. Ses joues brillaient comme deux pommes bien rouges et ses cheveux blancs frisés ressemblaient à des boulettes de coton.

— Bonjour, Anita !

La grosse voix de Richard fit sursauter certains visiteurs.

— Dépêche-toi, ma grande, la réunion va bientôt commencer.

Puis il disparut à l'intérieur de la grange, aux murs épais et aux poutres en bois. Le toit pentu et irrégulier du bâtiment rappelait à Anita le dos voûté d'un éléphant. C'était comme un vieux sage qui veillait depuis toujours sur la ferme. L'endroit idéal pour les petits protégés de Mission Bonheur ! L'association accueillait les enfants qui avaient des problèmes à l'école ou à la maison. On leur confiait alors une mission, s'occuper des animaux, ce qui les aidait à surmonter leurs difficultés.

— J'arrive ! lança Anita en courant sous la bruine.

Il faisait bon dans la grange. La fillette, sur le pas de la porte, sentit la délicieuse odeur du bois qui brûlait dans le poêle. Les élèves des écoles alentour avaient décoré la ferme : ils avaient peint des animaux sur les murs des enclos, du jardin et du potager. Le préféré d'Anita était un portrait très ressemblant de Tomate et Basilic, les cochons d'Inde. Qu'ils étaient mignons avec leur pelage doré et leurs yeux noirs perçants ! Sur une autre peinture, Richard avait des jambes interminables et ses cheveux blancs en bataille faisaient penser à un nuage.

— Viens te mettre au chaud, appela-t-il en l'attirant vers deux gros canapés confortables à côté du poêle.

— Salut, Anita, ça va ?

La fillette se retourna et vit son ami Jack arriver de la remise, un ballon de foot à la main.

— Coucou, Jack. C'est pour quoi faire, ce ballon ?

— Cynthia, répondit le garçon, un brin embarrassé.

— Cynthia la truie ? s'étonna Anita.

Assis dans le canapé, Richard expliqua :

— Jack a un plan : il pense qu'il peut essayer de dompter Cynthia et son mauvais caractère.

Anita dévisagea Jack, intriguée.

Le garçon fit rouler le ballon entre ses mains.

— Je me disais juste qu'elle serait moins grognon si elle se défoulait en frappant dans quelque chose.

— Bonne idée ! s'écria Anita, imaginant déjà l'énorme truie jouer au foot dans son enclos. Si ça se trouve, elle va devenir super forte ! Elle passera à la télé et les gens viendront du monde entier pour la voir jouer. Et aussi, on pourrait...

— Bon, bon, ne mettons pas la charrue avant les bœufs, l'interrompit Richard. On ne lui a pas encore montré le ballon.

Et il ajouta d'un air malicieux :

— Cynthia a un sacré caractère. Si ça se trouve, elle préfère le rugby...

Anita sourit et rejoignit le fermier. Ils avaient déjà tout essayé pour remonter le moral de Cynthia. Et si quelqu'un pouvait faire en sorte que ce cochon ronchon joue au ballon, c'était bien Jack ! Le garçon participait à Mission Bonheur parce qu'il s'était battu avec des garçons de sa classe qui se moquaient de sa dyslexie. Même s'il ne savait pas bien lire ni écrire, Anita, elle, trouvait que Jack était une des personnes les plus intelligentes qu'elle avait rencontrées.

Richard se racla la gorge, ce qui était sa manière polie de les rappeler à l'ordre.

Jack vint s'asseoir avec son ballon dans le canapé en face d'eux.

Ne manquait plus que Kerry, la responsable de l'association.

La jeune femme était à son bureau, à l'autre bout de la grange. Elle parlait au téléphone et entortillait une de ses tresses autour de son doigt. Anita tendit l'oreille :

— Monsieur Jarvis, je comprends, mais je ne suis pas d'accord avec vous. Les gens d'ici adorent la ferme !

Kerry s'exprimait distinctement et pesait ses mots, comme elle le faisait chaque fois qu'elle parlait au téléphone avec David Jarvis, l'employé de la mairie, responsable du financement de l'association.

Anxieuse, Anita se tourna vers Richard. David Jarvis cherchait toujours une raison de fermer l'établissement. Il voulait vendre le terrain, ce qui rapporterait beaucoup d'argent à la mairie. Il ne semblait pas comprendre que certaines choses sont plus importantes que l'argent.

— On dirait que Kerry est occupée, constata Richard. Nous allons commencer sans elle. Avant toute chose, il faut qu'on parle de Curly.

— Ça y est, il est arrivé ? demanda Anita, tout excitée, en se redressant sur le canapé.

Curly, leur brebis dartmoor à face grise, était sur le point de donner naissance à un agneau.

— Pas encore, répondit Richard. Mais elle peut mettre bas d'un jour à l'autre. Je l'ai installée dans l'écurie pour qu'on puisse la surveiller.

— Est-ce que je peux m'en charger ? s'exclama Anita. Je promets de ne pas la quitter des yeux. Je lui tiendrai compagnie pour la rassurer ! C'est son premier bébé, elle aura sûrement un peu peur, non ?

— C'est vrai qu'elle n'est pas trop dans son assiette en ce moment, reconnut Richard.

— Je pourrais lui raconter des histoires, insista Anita. J'adorais quand maman m'en lisait, à l'hôpital. Ça l'aiderait à penser à autre chose.

Le fermier sourit :

— Je suis sûr que tes histoires lui feront le plus grand bien, Anita. Je voudrais aussi que Jack et toi lui fassiez faire de l'exercice. Curly doit bouger régulièrement pour qu'elle et son petit restent en forme. Mais attention, Jack, pas de football !

— D'accord ! Pas de problème.

Richard parut satisfait.

— Merci, Jack. Je sais que tu as déjà assisté à plusieurs agnelages.

— Oh ! oui, des tas ! fanfaronna le garçon. Une fois, mon grand-père et moi avons vu naître cinq agneaux en une nuit !

— Quelle chance tu as... Vivre dans une vraie ferme ! s'extasia Anita. J'ai tellement hâte que le bébé soit là... Tu penses que ça va être encore long ?

Richard allait répondre, mais un fracas l'arrêta. Kerry venait de raccrocher le combiné avec rage. Elle les rejoignit et s'affala dans le canapé, à côté de Jack.

— Cet homme va finir par me rendre folle ! lâcha-t-elle en levant les bras au ciel, ce qui fit tinter les bracelets en argent à ses poignets.

Jack se rembrunit. Il détestait quand M. Jarvis appelait. C'était toujours synonyme d'ennuis... et le garçon ne s'imaginait pas vivre sans la Petite Ferme.

Comme si elle lisait dans ses pensées, Anita demanda, inquiète :

— Il ne va pas vendre le terrain, si ?

Kerry secoua la tête.

— Non, ne t'inquiète pas. Il faisait juste son numéro habituel.

Jack n'était pas rassuré pour autant. Une ferme n'est jamais à l'abri des difficultés… Il le savait bien : quand son grand-père était devenu trop faible pour accomplir les tâches les plus pénibles, on lui avait demandé de quitter Hilltop, le domaine où il avait toujours vécu. Tous les animaux avaient dû partir. Et Jack et sa mère aussi.

La jeune femme sourit aux deux enfants.

— M. Jarvis avait au moins une bonne nouvelle à nous annoncer : le bébé de Curly ne sera pas la seule surprise de Pâques. Quelqu'un est en route pour rejoindre notre équipe !

Anita poussa un cri de joie.

— Génial ! Qui c'est ?

Jack baissa les yeux sur son ballon.

— Tout va bien, Jack ? s'enquit la responsable de Mission Bonheur.

— Oui, oui, mentit-il.

Mais sa gorge était sèche et son cœur battait fort : et si le nouveau faisait partie des garçons de sa classe qui le traitaient de crétin ? L'un d'eux avait peut-être été exclu et envoyé ici, à la Petite Ferme ?

— Elle s'appelle Émilie, poursuivit Kerry. Elle a emménagé en ville il y a quelque temps et a du mal à s'adapter à sa nouvelle école.

Jack laissa échapper un soupir, soulagé. Alors comme ça, le nouveau était une fille ! Ce n'était pas si mal. La preuve, Anita était sympa. Il n'avait jamais rencontré quelqu'un d'aussi attentionné envers les animaux.

Les yeux d'Anita pétillèrent.

— J'ai hâte qu'elle soit là ! Je n'oublierai jamais mon premier jour ici. C'était fantastique de découvrir les enclos, le jardin, les animaux... Surtout après être restée aussi longtemps à l'hôpital.

Elle esquissa un sourire rêveur.

— Le meilleur moment, c'est quand Tomate et Basilic sont venus me renifler avec leurs grandes moustaches. Ou peut-être quand j'ai donné un sucre à Stanley et qu'il a soufflé dans mon oreille.

Elle fronça les sourcils.

— Non, en fait, je pense que c'était la première fois où j'ai nourri les poules. Ou alors, quand j'ai trouvé mon premier œuf. Ça, c'était génial. Il était tout chaud ! Et après il y a eu les canetons...

— Oui, oui, nous avons saisi l'idée, l'interrompit Richard, amusé.

Jack ne put s'empêcher de sourire, lui aussi. Une fois qu'Anita était lancée, il était très dur de l'arrêter.

— Bref, c'était le plus beau jour de ma vie, conclut-elle.

— J'espère qu'Émilie ne parle pas autant que toi, Anita, ou personne ne pourra plus placer un mot, la taquina Kerry.

La fillette allait rétorquer quand un bruit métallique retentit au-dehors : les grilles venaient de s'ouvrir, et Jack entendit le ronronnement d'un moteur dans la cour. Il se leva et colla son nez à la vitre. C'était la nouvelle qui arrivait déjà.

Jack regarda la fillette sortir de la voiture, traînant son sac derrière elle. Elle devait être un peu plus âgée que lui et avait de jolis cheveux châtains ondulés.

Elle fronçait les sourcils et semblait en colère. Jack soupira. Les filles aussi peuvent être méchantes... Et après tous les problèmes qu'il avait eus à l'école, il ne voulait pas s'attirer d'ennuis à la ferme.

— Elle est là ! cria Anita en le rejoignant à la fenêtre. On va trop s'amuser !

— Jack, pourrais-tu passer à la cafétéria prendre des gâteaux, s'il te plaît ? lui demanda Kerry en sortant de la pièce.

Jack hocha la tête. Peut-être que les délicieux cookies de la ferme remonteraient le moral d'Émilie ? Ils donnaient toujours le sourire à Anita. Mais alors qu'il voyait la nouvelle traverser la cour d'un pas lourd, il pensa qu'il faudrait bien plus qu'un biscuit pour la rendre heureuse.

Chapitre deux

— Ma chérie, dépêche-toi, tu vas être trempée, appela le père d'Émilie.

Des gouttes glacées vinrent s'écraser sur le visage de la fillette, qui bougonna. Pourtant, elle était contente d'être sortie de la voiture. Denise avait beau nettoyer sans arrêt la banquette arrière avec des lingettes désinfectantes, il y avait toujours des relents de lait caillé autour du siège auto de Léo.

Son père avait garé la voiture devant une vieille bâtisse au toit de tuiles rouges. Ça devait faire des siècles qu'elle était là. Au-dessus de la porte, un panneau indiquait en lettres jaunes scintillantes : « ASSOCIATION MISSION BONHEUR ». Émilie soupira. S'ils espéraient lui donner envie d'aller à l'école en l'amenant ici, ils se fourraient le doigt dans l'œil. Elle chercha du regard les animaux de la ferme (vaches, moutons, chevaux…) mais tout ce qu'elle put voir, c'était des groupes de touristes avançant comme des escargots sous leurs parapluies. Des familles accompagnées de leurs enfants, et même un couple de personnes âgées… Bizarre. Malgré le froid et la pluie, ils avaient l'air contents d'être là.

— Bonjour ! Tu dois être Émilie… et vous, monsieur Kane ?

Une femme avec des perles argentées dans les cheveux les saluait depuis la porte du bâtiment. Devant elle se tenait une fille toute mince, le sourire jusqu'aux oreilles. Émilie baissa les yeux sur le sol couvert de flaques d'eau. Pourquoi fallait-il toujours qu'elle rougisse quand elle rencontrait quelqu'un ?

— C'est ça ! Et vous devez être Kerry, répondit M. Kane en prenant sa voix enjouée qu'il utilisait précisément quand rien n'allait.

Il serra la main de la femme.

« Elle ressemble plus à une chanteuse de rock qu'à une agricultrice », songea Émilie en découvrant son rouge à lèvres brillant et ses bottes en caoutchouc léopard.

Bon, c'était sans compter son espèce de doudoune sans manches sale et trop large pour elle.

— Entrez, entrez, les invita Kerry.

Émilie suivit son père à contrecœur.

Un homme âgé, assez grand, vint les accueillir aussitôt. Il avait des cheveux blancs comme neige et de larges épaules. Vu ses joues rouges, il devait passer beaucoup de temps dehors.

— Bienvenue à la Petite Ferme, dit-il en souriant à Émilie. Je suis Richard, le directeur. J'imagine que tu as hâte de voir les animaux.

— Pas vraiment, répondit Émilie.

Richard eut l'air surpris et M. Kane fronça les sourcils.

— Excusez-nous, monsieur. On dirait qu'Émilie a oublié les bonnes manières.

La fillette se sentit mal à l'aise. Elle ne voulait pas paraître impolie ; elle aurait simplement préféré trouver un coin au chaud pour lire.

— Pas de souci, intervint Kerry. C'est vrai que ce n'est pas le meilleur jour pour sortir, hein, Émilie ? Bien, je suppose qu'à l'école on t'a parlé de notre association et de ce que nous faisons ici ?

Émilie acquiesça, l'air sombre. Après s'être ridiculisée en quittant la scène en plein milieu du spectacle, elle avait été convoquée par sa maîtresse, avec son père.

« Nous pensons qu'il serait bénéfique pour Émilie qu'elle passe un peu de temps à la Petite

Ferme pendant les vacances, avait déclaré Mme Turner à M. Kane. Ils ont un excellent projet pour les enfants qui ont, vous savez, quelques *problèmes*. »

Elle avait chuchoté le dernier mot comme si Émilie ne pouvait pas l'entendre. Mais la fillette n'était pas sourde. Le seul « problème » qu'elle avait, c'était que sa mère était morte, qu'elle avait dû aller vivre chez son père et Denise, et qu'ils n'avaient pas le temps de s'occuper d'elle parce qu'ils avaient déjà leur bébé, Léo. En quoi travailler dans une ferme allait l'aider à arranger ça ? Son père, lui, avait sauté sur l'occasion, comme s'il n'attendait que ça pour se débarrasser d'elle. Voilà comment ils s'étaient retrouvés là.

— Et si nous allions remplir les papiers, monsieur Kane ? suggéra Kerry. Je t'expliquerai les règles de sécurité plus tard, Émilie. Pour l'instant, Richard, Jack et Anita vont te faire visiter la ferme.

Émilie allait répondre quand elle reçut un petit coup de coude dans les côtes. C'était la fille maigrichonne.

— Salut ! Moi, c'est Anita.

Elle portait un tee-shirt à fleurs, un pantalon et un bonnet de laine vert.

— J'aime bien tes baskets. Elles sont neuves ?

Émilie acquiesça. C'était une paire qu'elle avait eue en soldes. Rien à voir avec les super Converse à paillettes qu'elle avait demandées... Mais sa belle-mère avait déclaré qu'elle les trouvait trop chères. Pourtant elle semblait toujours avoir des tonnes d'argent pour les vêtements et les jouets de Léo.

Une porte s'ouvrit à l'autre bout de la pièce. Émilie aperçut un comptoir, un distributeur de boissons et des gens attablés. Une odeur de café et de gâteaux tout chauds lui parvint tandis qu'un jeune garçon avec des taches de rousseur et des cheveux dressés en pointe avançait vers elles.

— Tiens, prends un cookie.

Il tendit l'assiette vers Émilie, qui refusa. Elle était trop énervée pour avaler quoi que ce soit. Jack se tourna vers Anita.

Kerry s'adressa au père d'Émilie.

— Anita est si absorbée par les animaux qu'elle en oublie parfois de manger, expliqua-t-elle. Mais Jack fait toujours en sorte qu'elle prenne son goûter. Elle a été souffrante, elle a besoin de se requinquer.

M. Kane approuva :

— C'est formidable, ce que vous faites ici. Je suis certain que ça va beaucoup aider Émilie.

Émilie rougit à nouveau. Pourquoi parlait-il

ainsi ? Elle se mordit les lèvres et ferma les yeux pour refouler ses larmes.

— Et voilà !

Anita engloutit un cookie d'une seule bouchée et s'empara de deux anoraks verts ornés de l'écusson de Mission Bonheur. Elle en tendit un à Émilie.

— Tu ferais mieux de prendre des bottes sur l'étagère à côté de l'entrée… sinon tu vas salir tes baskets.

Celle-ci haussa les épaules.

— Je m'en fiche.

Richard lui tendit une paire de bottes couvertes de boue.

— À la ferme, on ne sait jamais dans quoi on va mettre les pieds !

Émilie grimaça et Richard éclata de rire.

À contrecœur, elle ôta ses tennis et chaussa les bottes crottées.

— Parfait, dit le fermier avant de se tourner vers Anita et Jack. À votre avis, par quoi on commence ?

— Cynthia ! s'écria aussitôt Jack.

— Oui ! Apportons-lui le ballon ! sourit Anita.

« Quel genre d'animal peut s'appeler Cynthia et jouer au foot ? » s'interrogea Émilie.

M. Kane se tourna vers sa fille.

— Ça va aller, ma chérie ?

Émilie enfila l'anorak sans un mot et suivit dehors Jack, Anita et Richard. La pluie s'était calmée.

Ils prirent le sentier derrière la grange.

Anita bavardait avec Jack, et Richard saluait un homme barbu occupé à vendre des plantes en pot à l'entrée du jardin.

— Les bénévoles plantent des bulbes et nous les vendons une fois qu'ils ont poussé, lui expliqua Anita. Tous les moyens sont bons pour rapporter de l'argent à la ferme.

Le jardin paraissait à l'abandon, mais Émilie se dit qu'il devait être joli en été. Dans le fond, il y avait un petit banc, sous un pommier. Émilie s'imagina assise là avec un livre, les oiseaux gazouillant autour d'elle. Elle s'apprêtait à demander à Anita s'ils vendaient aussi des pommes, quand une vieille dame s'avança vers eux, un pot de crocus à la main. C'était une habituée de la ferme.

— Tout va bien, madame James ? demanda Richard. Quel temps ! n'est-ce pas ?

— Parfait pour les canards ! s'esclaffa-t-elle. Regardez ce que j'ai acheté, dit-elle en agitant les crocus. Ils sont beaux, non ? Quelle couleur magnifique !

Émilie se rappela que sa mère installait toujours

des crocus dans l'appartement au début du printemps. Elle rabaissa sa capuche et continua d'avancer.

Ils passèrent ensuite devant une parcelle de haricots. Un épouvantail réalisé à l'aide de branchages était planté au milieu.

— On l'appelle Richard III[1], confia Anita.

Richard éclata de rire :

— J'ai beaucoup plus de charme que lui, non ?

Jack et Anita pouffèrent. Émilie, elle, eut la chair de poule. Avec son grand chapeau et son long manteau noir, l'épouvantail ressemblait au monstre qui hantait ses cauchemars depuis la mort de sa mère.

Un instant plus tard, ils s'arrêtèrent devant une cour jonchée de fétus de paille, délimitée par un muret en pierre. Tout au fond s'élevait un petit cabanon.

Jack franchit le portillon. Il y eut un fracas à l'intérieur de la cabane, puis une énorme truie rousse surgit dans un grognement. L'animal avança vers eux d'un pas lourd, se dressa sur ses pattes arrière et posa les pattes avant sur le muret, à quelques centimètres d'Émilie.

---

1. Richard III fut roi d'Angleterre de 1483 à 1485. À cause de la pièce de Shakespeare qui porte son nom, il est l'image même d'un monstre diabolique.

Jack repassa de l'autre côté du mur.

— N'aie pas peur, elle ne peut pas s'échapper, affirma-t-il.

— Je n'ai pas peur, riposta Émilie.

« Menteuse », se gronda-t-elle. Et, sans quitter des yeux la peau orangée de Cynthia, elle ajouta :

— Je ne savais pas qu'il y avait des cochons roux.

— Cynthia est un cochon tamworth, expliqua Richard. Ils sont toujours de cette couleur.

— Le tamworth est la plus vieille race de cochons, précisa Jack. Ils descendent directement du sanglier.

Cynthia se mit à grogner de plus belle. Émilie recula, mais Anita lui sourit.

— Cynthia a mauvais caractère, c'est sûr, mais Jack sait comment s'y prendre avec elle. D'ailleurs, il a un super cadeau à lui offrir.

Elle se tourna vers Richard.

— Est-ce qu'on lui donne maintenant ?

Richard jeta un coup d'œil à Émilie.

— Et si on laissait Jack s'occuper de Cynthia ? J'ai l'impression qu'Émilie n'apprécie pas trop les cochons... Continuons notre tour de la ferme.

Émilie laissa échapper un soupir. Jusque-là, ils avaient espéré la captiver avec des plantes en pot et un cochon roux. Elle se demanda ce qu'elle allait découvrir maintenant. Un tas de crottin de cheval ? Un vieux tracteur rouillé ?

Pourquoi son père l'avait-il inscrite ici ? Après le divorce de ses parents, Émilie avait passé la moitié des vacances scolaires chez lui et ils faisaient des choses amusantes ensemble. Mais depuis qu'elle était venue vivre avec lui, il ne jouait plus avec elle et ne s'occupait que de Léo.

Anita la conduisit jusqu'à la porte d'un box. Le battant du haut était ouvert.

Émilie pencha la tête à l'intérieur et distingua un mouton couché sur la paille.

— Qui est-ce ?

— Je te présente Curly ! dit fièrement Anita comme si elle annonçait l'entrée de la reine d'Angleterre.

Et ouvrant l'autre pan de la porte elle fit signe à Émilie d'entrer. Celle-ci la suivit avec hésitation. Elle n'était pas sûre de vouloir l'approcher, mais ça ne pouvait pas être pire que la truie.

L'animal lui flaira la main de son museau et Émilie fut étonnée par sa douceur. Elle plongea son regard dans les yeux bruns aux reflets dorés.

— Ouah, voyez-vous cela ! s'exclama Richard sur le pas de la porte. Elle t'aime bien, Émilie.

C'est parce que tu as avancé doucement. D'habitude, elle est très timide avec les inconnus.

Émilie esquissa un sourire.

— Bonjour, Curly, murmura-t-elle.

Il y avait au moins un être vivant qui l'appréciait, dans cette ville.

— Elle attend un petit, l'avertit Anita en caressant la tête de l'animal. Il sera là d'un jour à l'autre.

— Émilie, pourrais-tu garder un œil sur Curly pendant qu'Anita et moi allons chercher de la nourriture dans le box d'à côté ? demanda Richard.

Émilie acquiesça, contente de se retrouver enfin un peu seule. Elle s'assit à même la paille dans un coin du box et pressa ses bras contre ses genoux. Deux minutes plus tard, son père passa la tête à la porte.

— Je m'en vais, ma puce, annonça-t-il. C'est un chouette endroit. Kerry est très sympa et très à l'écoute, tu sais, si tu veux lui parler de… n'importe quoi.

Il fixa le sol.

— Tu vas adorer passer les vacances ici, crois-moi.

Émilie ne répondit rien. Elle garda les yeux braqués sur la paille. Elle ne le croyait plus. Il lui avait déjà menti : « Maman va sortir de l'hôpital et sera bientôt de retour à la maison. » Son estomac se noua.

Son père lui fit au revoir de la main et s'en alla. Deux grosses larmes coulèrent sur le visage d'Émilie.

Curly s'approcha pour lui renifler les cheveux. La fillette enfouit la tête entre ses genoux. Elle ne s'était jamais sentie aussi triste de toute sa vie.

Chapitre trois

— J'ai hâte que les fleurs s'ouvrent ! s'exclama Anita. Richard dit que le jardin sera bientôt multicolore. Ça va être magnifique, tu ne penses pas ?

— Ouais.

Émilie arracha un autre brin d'herbe. Anita lui avait proposé de l'aider à arranger le jardin après avoir nourri Curly. Résultat, elle avait mal au dos et ses ongles étaient pleins de terre.

« Depuis quand les fermes ont des jardins de fleurs ? Pff. Ce n'est même pas une vraie ferme. »

Bon, au moins, elle était si occupée qu'elle ne voyait pas le temps passer. Peut-être devait-elle essayer de parler avec Anita ? Mais vu comme elle était bavarde, il était difficile de placer un mot.

— J'adore les fleurs, pas toi ? enchaîna gaiement Anita. Quand j'étais à l'hôpital, ma mère m'en apportait tous les jours. Elle dit que…

— J'ai horreur des fleurs, l'interrompit Émilie. Elles donnent le rhume des foins et elles finissent toujours par devenir marron et dégoûtantes.

Elle regretta aussitôt d'avoir été désagréable, mais elle n'avait pas pu s'en empêcher. Qu'Anita vante les mérites de la ferme, passe encore, mais il était hors de question qu'Émilie l'écoute parler de sa mère.

Anita se tut et l'observa. Émilie remarqua que son visage brillait de sueur ; pourtant, elle n'avait pas enlevé son bonnet. Elle se demanda si cela avait un rapport avec sa maladie. Elle baissa les yeux sur la pelouse, un peu gênée. Anita voulait juste être gentille… Mais à quoi bon ? Émilie ne resterait que deux semaines à la ferme. Ensuite elle la perdrait de vue, comme ses anciennes copines.

Émilie repensa à sa meilleure amie, Joanna. Que faisait-elle en ce moment ? Avant, un jour pluvieux comme celui-là, la mère d'Émilie les aurait sans doute accompagnées à la piscine. Et sur le chemin du retour, elles auraient partagé un paquet de chips épicées. La dernière fois qu'Émilie avait téléphoné à Joanna, celle-ci était tout excitée parce qu'elle était invitée à une soirée pyjama chez Claire. La vie continuait sans elle, dans son ancienne ville...

— Anita ! Viens voir Cynthia ! cria Jack à tue-tête en arrivant dans le jardin, les joues rouges, les yeux pétillants. J'ai réussi à la faire jouer au foot !

— Tu veux venir ? demanda Anita à Émilie d'une voix hésitante.

Émilie acquiesça. Même si elle n'était pas enchantée à l'idée de revoir le cochon, elle ne voulait pas se montrer impolie.

Alors qu'ils approchaient du cabanon, l'imposante truie s'avança lourdement vers eux. Émilie prit bien soin de rester loin du muret cette fois. Cynthia était beaucoup plus grosse qu'elle, et ses petits yeux brillaient d'une lueur féroce.

— Hé, Cynthia ! l'appela Jack, courant derrière le ballon de foot.

Il lui fit une passe.

Anita applaudit et poussa des cris d'encouragement quand Cynthia fit rouler le ballon au ralenti sur le sol jonché de paille.

— Je vais lui apprendre à marquer en tirant à travers la porte de sa cabane, expliqua Jack.

— Super, vas-y ! s'enflamma Anita, sautillant sur place comme une vraie supportrice. Bravo !

Un instant, la vision de l'énorme truie rousse jouant au foot donna envie de rire à Émilie. Elle voulut l'encourager à son tour, mais elle garda les lèvres serrées.

— Je vais me laver les mains, bredouilla-t-elle avant de s'éloigner en direction de la cour.

Là-bas, une vieille camionnette se gara devant elle. Elle portait l'inscription « Centre canin » et un logo représentant un jeune labrador.

Un homme en uniforme marron sortit du véhicule.

— Bonjour, petite, est-ce que le patron est là ? demanda-t-il.

Avant qu'Émilie ait pu répondre, Richard émergea de la grange.

— Monsieur Trent, j'amène votre nouvelle pensionnaire.

— Salut, Dany, lança Richard. Voyons comment elle va.

M. Trent fit sortir de la camionnette une chienne noire et blanche à la queue touffue. La pauvre bête grelottait et son pelage était sale et emmêlé. Elle leva vers Émilie de grands yeux apeurés.

« Elle pourrait être belle, si on la toilettait un peu », songea la fillette.

— Il me semble qu'elle est croisée avec un

border collie, précisa l'homme. Exactement ce qu'il vous faut à la ferme !

Richard se pencha et tendit la main vers elle, mais la chienne se déroba, reculant aussi loin que le lui permettait sa laisse.

— Ça tombe bien que vous puissiez la prendre. Le chenil est complet, et personne ne veut d'un animal aussi craintif que Patch.

Richard se redressa et la chienne plongea sous le camion, effrayée.

— Pas de problème, Dany, elle est la bienvenue parmi nous. Allez, Patch, viens là.

Richard prit la laisse des mains de M. Trent et tendit la main vers la chienne. Mais elle restait tapie sous le véhicule.

Richard fronça les sourcils.

— Je vais aller chercher des friandises pour l'amadouer.

Il rendit la laisse à Dany, mais elle lui échappa des mains.

Aussi rapide que l'éclair, Patch bondit hors de sa cachette et détala à travers la cour, disparaissant derrière l'écurie.

Émilie soupira. Elle aurait tant voulu s'enfuir, elle aussi ! Filer à travers la cour, franchir le grand portail et ne plus jamais revenir à la ferme !

— T'en fais pas, mon vieux, tu peux y aller, dit Richard à Dany. On va la rattraper.

— Tu en es sûr ?

Le vieil homme lui sourit d'un air rassurant.

— Oui. La ferme est entièrement clôturée. Tant que nous gardons le portail fermé, elle ne risque rien. Elle a besoin de se familiariser avec les lieux, c'est tout.

Émilie et Richard observèrent le camion de Dany s'éloigner.

Le fermier rabattit en vitesse les grilles derrière lui et s'adressa à Émilie :

— C'était idiot de ma part de la laisser s'échapper comme ça. Est-ce que tu voudrais m'aider à la retrouver ?

La fillette hocha la tête.

— Elle a besoin de nous, enchaîna Richard d'une voix grave. Je pense que la pauvre petite a vécu des choses très difficiles.

— Comment ça ?

— Eh bien, Dany m'a dit qu'on l'a vue fouiller dans les poubelles, près des immeubles à côté. Elle n'avait pas de collier, on l'a sans doute abandonnée.

Émilie frémit en imaginant Patch effrayée et affamée, seule dans la ville.

— Qui oserait faire ça ?

Richard fronça les sourcils.

— Malheureusement, ça arrive tout le temps. Au début, les gens pensent que ce serait chouette d'adopter un chiot. Et puis ils en ont assez de le nourrir, de nettoyer ses besoins et de le sortir. Alors ils s'en séparent.

Émilie sentit son cœur se serrer.

— Il faut qu'on la retrouve au plus vite, reprit Richard. Elle est si craintive qu'on a dû la maltraiter. Et elle doit avoir faim et soif.

Émilie avait les larmes aux yeux. Qu'est-ce qui avait pu arriver à Patch pour la terroriser ainsi ?

— Si on lui donnait des biscuits pour chien, peut-être que ça la ferait revenir ? suggéra-t-elle en fixant ses pieds, pour que Richard ne voie pas qu'elle était sur le point de pleurer.

— Bonne idée, répondit le fermier. Il y en a dans le placard bleu de la grange. Tu veux bien aller les chercher ? Je commence les recherches de mon côté.

Émilie acquiesça. Elle fonça vers la grange, bourra ses poches de biscuits en forme d'os puis courut rejoindre Richard près de l'écurie.

— Je ne l'ai pas vue, déclara-t-il en soupirant.

— Patch ? appela Émilie en essayant d'apercevoir un pelage noir et blanc dans les coins sombres. Patch ? S'il te plaît, reviens !

Mais Émilie et Richard eurent beau fouiller les buissons et les haies qui longeaient la clôture de la ferme, ils n'entendirent aucun aboiement et ne virent aucune trace de la jeune chienne. Patch avait disparu.

Chapitre quatre

À la fin de la journée, Kerry raccompagna Émilie chez elle. Ils avaient passé l'après-midi entier à chercher Patch ; Émilie avait les mains gelées et elle ne sentait presque plus ses doigts. Et puis ses clés s'étaient perdues quelque part au fond de son sac. Elle renonça à les trouver et appuya sur la sonnette. Pas de réponse.

Émilie tapa des pieds pour les réchauffer, et songea à la chienne, toujours cachée dehors sous la pluie glaciale. Jack, Anita et Kerry leur avaient prêté main-forte, sans résultat. Patch n'avait de toute évidence pas envie de montrer le bout de son nez.

Si seulement ils avaient pu la retrouver ! Sous

l'arbre de la mare aux canards, Richard, contrarié, leur avait annoncé qu'il était temps de rentrer chez eux.

« Elle reviendra quand elle aura faim », avait affirmé la responsable de Mission Bonheur sur le trajet du retour, dans la voiture.

Mais Émilie n'en était pas certaine.

Elle enfonça le bouton de la sonnette une seconde fois, mais personne ne vint. Pourtant, la lumière du salon était allumée. Sa belle-mère était peut être à l'étage.

La porte s'ouvrit enfin. Denise était en robe de chambre, Léo dans les bras. Elle avait les yeux bouffis et les cheveux en bataille.

— Ah, bonsoir, Émilie. Où est ta clé ?

— Dans mon sac, mais je n'arrivais pas à la trouver et…

Sa belle-mère avait déjà tourné les talons et avançait d'un pas lourd dans le couloir.

La fillette la suivit dans la cuisine. Denise s'assit à table, Léo sur les genoux. Elle attrapa un biberon et tenta de le glisser dans la bouche du bébé. Il tourna la tête sur le côté.

— Allez, tu avais faim il n'y a pas cinq minutes ! dit Denise, agitant le biberon devant lui.

Léo grimaça et se mit à pleurer. Sa mère poussa un soupir.

— Qu'est-ce qu'on mange, ce soir ? voulut savoir Émilie.

— Il reste des pâtes d'hier, marmonna Denise. Tu n'as qu'à les réchauffer au micro-ondes.

Elle se retourna vers Léo et caressa ses bouclettes blondes.

— Je suppose que je vais devoir donner son bain à mon magnifique petit garçon, s'il ne veut plus manger.

C'est comme si elle avait deux voix : une grincheuse, pour Émilie, et une autre, toute douce, qu'elle réservait à Léo. La fillette ne savait pas laquelle elle haïssait le plus.

Elle regarda Denise quitter la pièce. Le dos de sa robe de chambre était maculé de lait. Émilie ferma les yeux et s'imagina de retour chez sa mère, dans le joli salon, qui donnait sur les branches des vieux arbres du jardin. Quand Émilie était plus jeune, sa mère et elle faisaient semblant de vivre au sommet d'un arbre, au milieu d'une forêt enchantée. Blottie contre elle, Émilie l'écoutait lui raconter les histoires des créatures magiques qui vivaient dans les branchages près d'elles.

Mais il ne servait à rien de songer au passé. Émilie rouvrit les paupières et alla réchauffer son assiette de pâtes au micro-ondes. Puis elle s'assit à table. Comme d'habitude, celle-ci était envahie par les affaires de Léo : biberons, tétines, lingettes... il y avait même une pile de bodies et un paquet de couches ! Sans compter ses jouets. Léo avait beau être tout petit, c'est lui qui prenait le plus de place dans la maison.

Émilie écarta un ours en peluche et un dinosaure en plastique violet pour poser son assiette. La porte d'entrée s'ouvrit. Son père était rentré du travail.

— Alors, comment ça s'est passé, Émilie ? demanda-t-il en entrant dans la pièce.

Il ajouta sa mallette et son journal froissé au désordre sur la table.

— Tu as passé une bonne journée ?

— Ça peut aller, répondit Émilie.

— Super !

M. Kane jeta un coup d'œil à la table encombrée, puis il soupira, enleva ses lunettes et se frotta le haut du nez.

— Quelqu'un a amené une chienne à la ferme, commença Émilie.

Elle mourait d'envie de lui raconter l'histoire de Patch.

— C'est très bien, dit-il en souriant à Émilie, clignant des yeux parce qu'il ne voyait pas très clair sans ses lunettes.

— Non, en fait, c'était horrible, parce que...

Un hurlement retentit à l'étage. Léo ne semblait pas disposé à prendre son bain. M. Kane fronça les sourcils.

Les cris perçants de Léo leur cassaient les oreilles, même en bas de l'escalier.

— ... on l'a perdue, continua Émilie.

— Jonathan ? appela Denise. Tu peux venir ? J'ai besoin d'aide pour le bain de Léo !

— J'arrive !

Le père d'Émilie se leva et remit ses lunettes.

— Désolé, ma chérie, s'excusa-t-il en quittant la pièce à la hâte. Tu me raconteras plus tard, d'accord ?

Émilie hocha la tête et soupira. C'était toujours comme ça désormais : son père ne l'écoutait pas. Léo ne s'était pas seulement accaparé la maison, il lui avait aussi volé son père.

Sur le chemin du retour, Kerry avait donné un cahier à Émilie. « J'aimerais que tu tiennes un journal de bord pendant ton séjour à la Petite Ferme, avait-elle déclaré. Parfois, quand on traverse un mauvais moment, ça fait du bien d'écrire ce qu'on ressent. » Mais Émilie n'avait aucune envie de raconter à quel point elle se sentait triste et solitaire : ça aurait été pire encore.

Elle ravala ses larmes et planta la fourchette dans son assiette. Sans le vouloir, elle fit dégringoler un livre cartonné sur le sol. Il tomba ouvert à la page d'une vache et émit un meuglement ridicule.

— Quel truc débile ! siffla Émilie.

Elle ramassa le livre et le jeta contre le mur.

— Mais tais-toi, à la fin ! cria-t-elle alors qu'il poussait un dernier « meuh » chevrotant.

Le dinosaure violet reposait toujours sur la table, tout sourire. Quelque chose dans ses dents tranchantes lui rappela Cynthia, la truie. Émilie s'en empara et le lança violemment sur la vaisselle empilée dans l'évier. Elle se sentit mieux en le voyant plonger la tête la première dans l'eau sale.

Puis elle remarqua que l'ours en peluche la fixait de ses yeux globuleux. Il lui fit penser à la façon dont Anita l'avait dévisagée quand elle lui avait dit qu'elle n'aimait pas les fleurs. Elle empoigna l'ourson et le balança à son tour dans l'évier. Il atterrit les fesses sur les assiettes sales.

— Émilie !

Elle se retourna et vit son père debout dans l'entrebâillement de la porte.

— Qu'est-ce que tu fais ? C'est le doudou de Léo !

Il se précipita vers l'évier pour sauver l'ourson et frotter sa fourrure.

Le cœur d'Émilie battait très fort et elle avait l'impression que son crâne allait exploser.

— Léo ! Léo ! toujours Léo ! s'enflamma-t-elle. Vous ne pensez qu'à cet idiot de bébé !

Le visage de son père devint écarlate. Il prit une profonde inspiration et s'efforça de garder son calme.

— C'est faux. Et comment oses-tu parler de lui ainsi ? C'est ton frère, quand même !

— C'est un petit monstre !

Émilie tremblait de rage. Elle savait qu'elle n'aurait pas dû parler comme ça, mais maintenant qu'elle avait commencé, les mots sortaient tout seuls.

— Je le déteste ! lança-t-elle.

— Arrête ça, Émilie, dit son père les dents serrées. Calme-toi.

— Pourquoi est-ce que je devrais me calmer, hein ? Léo est toujours en train de hurler, lui. Pourquoi je devrais me taire alors qu'il ne le fait jamais ?

— Parce que je ne tolérerai pas un tel comportement chez nous, je…

— Chez nous ? l'interrompit Émilie. Ce n'est même pas ma vraie maison. Je déteste vivre ici !

M. Kane en resta bouche bée. Puis il cria aussi fort qu'il put :

— Ça SUFFIT, Émilie ! File dans ta chambre. TOUT DE SUITE !

Émilie ne l'avait jamais entendu élever la voix ainsi.

Elle monta l'escalier quatre à quatre et s'effondra sur son lit. À travers la fine paroi de la chambre, elle entendait encore les pleurs de Léo.

— Oh, maman, j'aimerais tant que tu sois là avec moi !

Elle plongea la tête dans son oreiller et éclata en sanglots.

Chapitre cinq

M. Kane arrêta la voiture devant le portail de la ferme et se tourna vers Émilie.

— Tu es sûre que ça va aller ? lui demanda-t-il pour la cinquième fois de la matinée.

Émilie acquiesça, même si elle avait mal à la tête. Elle aurait aimé être encore petite pour grimper sur ses genoux et lui faire un câlin. Elle s'en voulait tant d'avoir crié la veille ! Émilie regarda son père. Peut-être que, si elle lui avouait comment elle se sentait, il l'écouterait, finalement…

— Bon, je ferais mieux d'y aller, dit-il, jetant un coup d'œil à la route derrière lui. J'ai promis à Denise de les accompagner, Léo et elle, chez le pédiatre.

Émilie laissa échapper un soupir et détacha sa ceinture.

— OK. À tout à l'heure.

Alors qu'elle traversait la cour, elle aperçut Jack et Anita devant la grange. La fillette ne portait pas son bonnet, aujourd'hui. À la place, elle avait couvert ses cheveux avec un foulard rose vif.

— Hé, Émilie ! appela-t-elle. On a un super boulot pour toi aujourd'hui !

— Je pense que ça te plaira plus que Cynthia, renchérit Jack. C'est un truc de filles.

Qu'est-ce qu'il voulait dire par là ? Que les filles sont moins fortes que les garçons ?

— Je n'ai pas peur de Cynthia, si c'est ce que tu insinues, répliqua-t-elle, la bouche crispée par la colère. C'est juste que je n'aime pas les cochons.

— Euh, ceci est une *ferme*, riposta Jack. C'est normal qu'il y ait des cochons.

Émilie surprit le regard amusé qu'il lança à Anita.

Génial, maintenant ils se moquaient d'elle. Peu importe, ce n'est pas comme si elle avait choisi de venir ici. La seule chose qui l'intéressait, dans cet endroit ridicule, c'était Patch. Émilie scruta la cour avec l'espoir de l'apercevoir.

À cet instant, Richard sortit de la grange, un grand seau à la main.

— Ah, la jeune demoiselle Kane, la salua-t-il de sa voix retentissante.

— Bonjour, bredouilla Émilie. Est-ce que Patch va bien ? Vous l'avez retrouvée ?

— Je crains que non, répondit le vieil homme. Mais ne te fais pas de souci. Nous avons gardé les grilles fermées pour qu'elle ne s'échappe pas. Je suis sûr qu'elle montrera le bout de sa truffe quand elle aura faim. Est-ce qu'Anita t'a parlé du programme de la journée ?

Émilie secoua la tête. Où s'était cachée Patch ? Et si elle n'était plus dans la ferme, mais déjà loin d'ici ? Elle se demanda si elle allait un jour revoir la petite chienne noire et blanche.

— On va s'occuper du box de Curly ! annonça Anita. On va tout nettoyer et la tondre pour qu'elle soit prête à mettre bas. On a pensé que ça te plairait de nous aider.

Émilie lui jeta un regard furieux. Est-ce que tout devait toujours tourner autour des bébés ?

— Pourquoi ? demanda-t-elle brusquement.

Anita la dévisagea sans comprendre, puis son sourire s'effaça.

— Pourquoi quoi ?

— Qu'est-ce qui vous fait dire que j'aime bien ça ? J'en ai rien à faire de vos crétins de bébés.

Anita baissa les yeux. Jack fusilla Émilie du

regard et celle-ci lui tira la langue. C'était exactement comme la veille, dans la cuisine. Submergée par la colère, Émilie s'énervait contre tout le monde.

— Bien, bien, intervint Richard. Je vais montrer à Émilie le poulailler pendant que vous deux, vous commencez à préparer le box pour Curly, d'accord ?

— Oui, viens Anita, dit Jack en la prenant par la main. Allons-nous-en.

— Elle me déteste, confia Anita tandis qu'elle entrait dans le box de Curly avec Jack.

— Qui te déteste ?

Ils firent volte-face et virent Kerry devant eux.

— Émilie, marmonna Anita. J'ai beau faire des efforts, elle ne veut tout simplement pas qu'on soit amies.

La responsable passa un bras autour de ses épaules.

— Ce n'est pas toi, Anita, tu n'as rien fait de mal, la rassura la jeune femme. Émilie a des problèmes, en ce moment, et elle ne sait pas comment les gérer. C'est pour ça qu'elle s'en prend à ceux qui s'approchent d'elle.

— Je me fiche qu'elle ait des problèmes, rétorqua Jack. Ce n'est pas une raison pour être aussi méchante.

— Laisse-lui du temps, Jack, plaida Kerry. Ce n'est que son deuxième jour.

— J'ai essayé ! se défendit le garçon. Je pensais que si elle nous aidait avec Curly ce matin, on pourrait parler et même devenir amis. Mais elle refuse tout en bloc. Hier, elle est carrément partie quand Cynthia jouait au foot. Comme si elle trouvait ça ridicule. Et elle vient juste d'être hyper méchante avec Anita. Qui voudrait d'une amie pareille ?

La responsable de Mission Bonheur réfléchit un moment. Puis elle regarda Jack.

— Est-ce que tu te rappelles à quel point tu étais grognon quand tu es arrivé ?

Jack fronça les sourcils en repensant à ses premiers jours à la ferme. L'endroit lui avait paru minuscule ! À peine quelques vaches et deux, trois moutons. Et comme il trouvait les enclos ridicules, comparés aux hectares du domaine de Hilltop !

Il se souvint aussi d'avoir été suspicieux envers tout le monde, y compris Anita. Il s'attendait à ce qu'elle se moque de lui parce qu'il ne savait pas bien lire. Il grimaça en se rappelant ce qu'il avait dit à propos de ses animaux préférés, les cochons d'Inde. « Pff, ils sont tellement ennuyeux ! Et il n'y en a pas, dans les vraies fermes. » Il ne lui était pas venu à l'esprit qu'il aurait pu la vexer.

— D'accord, finit-il par dire. Tu as peut-être raison.

Kerry secoua la tête.

— Un peu de patience. Je vais lui parler tout à l'heure. En attendant, laisse-lui une chance.

— Je vais essayer, consentit Jack. Mais elle a intérêt à ne plus embêter Anita.

Les yeux d'Émilie se posèrent sur le hangar où vivaient les poules. Elles pouvaient se promener dans l'enclos, si elles voulaient, mais la plupart étaient restées à l'intérieur, à gonfler leurs plumes et à glousser gaiement.

— Pourquoi est-ce que celles-ci ne sont pas en liberté ? demanda Émilie en songeant aux autres poules qui picoraient dans la cour.

— Ce sont les poules pondeuses, lui expliqua Richard. Nous les gardons dans le poulailler pour retrouver facilement leurs œufs. Je vais laver les bacs d'eau et de nourriture. Est-ce que tu ne voudrais pas ramasser quelques œufs, par hasard ?

Il lui tendit une boîte à œufs en carton.

De grosses caisses alignées le long du mur servaient de pondoirs et Émilie dut se baisser pour glisser la main dedans. Le foin qui tapissait les nids était doux et tiède, et il lui rappela l'épaisse couverture du lit de sa mère, où elle aimait se pelotonner le dimanche matin pour lire. Elle ferma les yeux.

— Tout va bien ?

La voix de Richard interrompit sa rêverie.

Émilie rouvrit vite les paupières et hocha la tête.

— Je vais voir comment s'en sortent les autres avec Curly, lui dit le fermier. Il y a un sac de grain là-bas. Si ça ne te dérange pas, je voudrais que tu remplisses les mangeoires.

Puis il pivota sur ses talons et disparut, la laissant seule avec les poules.

Émilie longea les nids pour remplir le carton d'œufs. Tout en travaillant, elle ne put s'empêcher de penser à Anita ; celle-ci avait eu l'air bouleversée quand elle avait crié. Elle soupira et mit les deux derniers œufs dans la boîte. Puis elle la rangea sur l'étagère près de la porte et se dirigea vers le sac. Alors qu'elle empoignait la louche pour verser le maïs, la fillette crut entendre un cri.

Ça ne ressemblait pas au caquètement des poules. Et elle avait l'impression que ça provenait de sous ses pieds. Elle s'accroupit et écouta. Le gémissement aigu se répéta.

Émilie sortit du poulailler. Il était surélevé grâce à d'épais poteaux en bois. Elle regarda en dessous et vit deux pupilles scintiller dans l'obscurité. Le jappement recommença.

— Patch ! murmura-t-elle.

Elle pouvait maintenant distinguer la fourrure noire et blanche de la chienne, sale et pleine de nœuds.

Elle se rappela comment Patch avait fui Richard. Mais la chienne n'avait plus l'air de vouloir s'échapper. Peut-être avait-elle compris qu'Émilie n'allait pas lui faire de mal ? La fillette s'accroupit en silence, scrutant la pénombre sous le poulailler. Au bout d'un moment, elle tendit la main. Elle toucha le pelage mouillé et glacé de la chienne et sentit son petit corps grelotter.

La pauvre Patch avait dû se cacher là-dessous toute la nuit, dans le froid. Et elle était à l'évidence trop effrayée pour sortir. Qu'est-ce qu'on avait bien pu lui faire, pour qu'elle craigne autant les humains ?

— C'est bon, n'aie pas peur, chuchota Émilie. Je vais prendre soin de toi.

La chienne gémit une nouvelle fois.

— Ne pleure pas… Je ne dirai à personne que tu es là. Ça va aller.

Émilie se redressa. Pas un chat à l'horizon. Si elle se dépêchait, elle pouvait prendre de la nourriture, de l'eau et une couverture sans se faire repérer.

— Ne bouge pas, Patch, chuchota-t-elle. Je reviens tout de suite, ne t'inquiète pas. Tout va bien se passer.

Émilie se leva d'un bond et traversa la cour en courant. Elle était si pressée qu'elle ne vit pas Richard l'observer de l'autre côté du poulailler, un sourire rayonnant sur le visage.

Chapitre six

Émilie se rendit sur la pointe des pieds à la fenêtre de la grange. À l'intérieur, elle aperçut un tas de couvertures posées sur le canapé.

Plus loin dans la grange, Kerry était assise à son bureau, au téléphone.

Émilie hésita. Devait-elle avertir la responsable qu'elle avait retrouvé la jeune chienne ?

« Si tout le monde vient voir Patch, elle aura peur et s'enfuira à nouveau. »

À l'autre bout de la cour, Stanley le poney hennit et frappa la porte de son box avec son sabot.

— Comment ça va, mon grand ?

La fillette s'approcha pour le caresser. Il souffla sur elle son haleine tiède sentant bon le foin.

Le poney était emmitouflé dans une épaisse couverture.

— Tu as l'air en forme, lui lança Émilie. Je parie que tu as bien chaud, là-dedans !

Stanley retroussa sa lèvre supérieure, l'air rieur. Puis il poussa la fillette du bout du nez, en quête d'un morceau de sucre.

Émilie sourit.

— Désolée, je n'ai rien à te donner.

Mais une idée venait de germer dans son esprit. Elle donna une dernière petite tape à Stanley, et jeta un coup d'œil au box voisin. Il servait de remise. Tous les ustensiles nécessaires aux soins des chevaux étaient stockés ici, ainsi que de grosses boîtes de nourriture pour animaux.

Les selles et les brides étaient suspendues à des crochets. Émilie avisa un tissu bleu étendu dans un coin.

Elle entra dans le box pour saisir la couverture pour poney, identique à celle de Stanley. Pile ce qu'il fallait pour confectionner un lit douillet.

Patch avait également besoin de manger. Émilie souleva le couvercle d'une énorme boîte. Elle était pleine de blé, inutile pour un chien. Elle en ouvrit une autre, moins grosse. À l'intérieur, un sac en papier contenait des croquettes rondes qui sentaient la viande. Émilie examina le côté du paquet et découvrit la photo d'un chien de berger noir et blanc, la langue pendante.

— Parfait, murmura-t-elle, et elle bourra de croquettes les poches de son manteau.

Près des boîtes, il y avait un tas de gamelles en métal. Émilie en choisit deux. Une pour les croquettes et une pour l'eau. Puis elle ramassa la couverture et essaya de la caler sous son bras. Elle était bien trop grande et n'arrêtait pas de glisser. Elle n'arriverait jamais à la porter jusqu'au poulailler.

Par chance, quelqu'un avait laissé une brouette dans la remise. Elle était tapissée de brins de paille boueuse.

« Pourquoi est-ce que tout est si sale dans cette ferme ? » songea Émilie alors qu'elle dénichait un mouchoir dans sa poche pour essuyer le fond de la brouette. Elle plia la couverture et la jeta dedans, les deux gamelles en fer par-dessus.

— Émilie !

C'était Kerry qui l'appelait à l'entrée de la grange.

La fillette se figea, le cœur battant la chamade. Comment allait-elle expliquer ce qu'elle fabriquait avec la brouette ?

Mais Kerry n'y vit que du feu.

— Tu apportes ça pour Curly ?

Émilie hocha la tête. Si elle gardait le silence, elle ne mentait pas vraiment, n'est-ce pas ?

La jeune femme lui sourit.

— Est-ce que tu pourrais venir me voir, après ? J'ai besoin de ton aide.

— Bien sûr ! balbutia Émilie.

Elle poussa la brouette en hâte le long du sentier et arriva au poulailler à bout de souffle.

— Patch ! appela-t-elle, scrutant l'obscurité. C'est moi ! Je suis revenue !

Un instant, elle craignit que la chienne soit repartie. Puis elle vit ses pupilles briller dans l'ombre. Patch était tapie dans le fond et grelottait, les oreilles rabattues. Elle avait l'air terrifiée.

— Patch ! Je ne voulais pas te faire peur. C'est juste une brouette. Regarde ce que je t'ai apporté…

Les oreilles de la chienne se dressèrent et elle émit un faible couinement. Émilie sortit la couverture de la brouette et entreprit de la traîner jusque sous le poulailler sans cesser de parler à voix basse.

Elle rampa en tirant le lourd tissu derrière elle, et elle dut s'arrêter souvent pour rassurer Patch.

Finalement, elle plia la couverture et l'installa

dans un recoin. Patch n'avait pas bougé et la regardait avec des yeux suppliants.

— Et voilà ! Comme ça tu seras au chaud et au sec pour dormir, déclara la fillette.

Elle fit marche arrière à quatre pattes. Elle remplit une des gamelles avec les croquettes et l'autre avec de l'eau qu'elle trouva dans un tonneau à côté du poulailler. Puis elle poussa les deux bols en dessous.

Patch s'approchait pour boire, quand Émilie entendit la voix de Kerry au loin.

— Émilie ! Où es-tu passée ?

Elle tendit le bras pour caresser la chienne.

— Je dois y aller, maintenant, mais je vais revenir très vite. Au moins, tu n'auras plus à dormir par terre. Et tu as de quoi manger et boire.

Émilie sentit la langue chaude de Patch lui lécher les doigts, puis elle se leva et sortit en trombe. La responsable de Mission Bonheur l'appelait à nouveau.

— J'aime beaucoup quand les jonquilles commencent à fleurir, confia Kerry, désignant les fleurs près de la mare aux canards. La plupart ne sont qu'en bourgeon, mais il y en a assez pour décorer la ferme.

La jeune femme avait déjà dans la main un gros bouquet, alors qu'Émilie, venue l'aider, avait à peine récolté quelques brins. Les pétales jaune vif lui rappelaient le spectacle où elle devait réciter le poème sur les jonquilles.

— C'est ton deuxième jour ici, enchaîna Kerry. Comment te sens-tu ?

Émilie haussa les épaules tout en cueillant une autre fleur. Elle se demandait comment allait Patch. Était-elle en train de manger, ou de se rouler en boule sur son nouveau lit ?

— Est-ce que tu as écrit dans ton journal ? voulut savoir Kerry.

Émilie fit non de la tête.

La femme s'agenouilla dans l'herbe. Elle fixait Émilie.

— Si tu es blessée ou en colère à propos de quelque chose, ça t'aiderait. Parfois il est plus facile d'écrire que de parler. Tu peux raconter ce que tu veux, personne ne le lira. Personne ne va te répondre, ou te dire que tu as tort.

— Je déteste ramasser des fleurs, avoua Émilie.

Un jour, quand sa mère était à l'hôpital, Émilie avait cueilli quelques fleurs du jardin pour les lui offrir. L'infirmière les avait placées dans un vase mais, quand Émilie était revenue voir sa mère, les fleurs avaient fâné. Il faisait si chaud dans cette chambre.

— Pourquoi est-ce que tu n'aimes pas ça ? lui demanda gentiment Kerry.

Émilie baissa les yeux sur le sol.

— Elles meurent vite quand on les coupe... Ça me rend triste.

La responsable hocha la tête.

— Je comprends ce que tu veux dire. Mais la météo a annoncé beaucoup de vent pour ce soir. Je me suis dit que nous pourrions mettre les jonquilles à l'intérieur, elles s'abîmeront moins.

Émilie n'avait pas pensé à ça. Peut-être que c'était *mieux* de mettre les fleurs à l'abri dans la grange, au lieu de les laisser se faire faucher par le vent... Elle en cueillit deux autres et les ajouta à son bouquet, qu'elle offrit à Kerry.

La jeune femme la remercia, puis elle poursuivit :

— Les émotions peuvent être très puissantes, Émilie. Elles peuvent prendre le contrôle sur nous.

— Comment ça ?

— Une émotion comme la colère ou le chagrin est parfois si forte qu'elle peut te faire oublier qui tu es. Et, parfois, te faire oublier les autres aussi. Alors tu ne fais plus attention à eux.

Émilie rougit. « Kerry sait que j'ai été odieuse avec Anita, songea-t-elle. Elle a raison. Je me sentais tellement mal que je n'ai pas du tout pensé à elle. »

La jeune femme se leva.

— Allons mettre ces fleurs dans un vase.

— Je suis désolée d'avoir été méchante, s'excusa Émilie. Je suis sûre qu'Anita me déteste.

Kerry secoua la tête.

— Non, loin de là. Elle est juste contrariée. Ce serait bien que tu lui présentes tes excuses.

— D'accord.

Émilie avait une boule au ventre. Anita s'était montrée gentille avec elle. Elle ne méritait pas ça. Ce n'était pas sa faute si Émilie avait de la peine.

Un énorme bouquet de jonquilles à la main, Kerry se dirigea vers la cour, suivie d'Émilie.

— Essaie d'écrire dans ton journal, ce soir, lui conseilla-t-elle. Raconte ce que tu fais à la ferme, ou bien dans ta nouvelle école. Ou peut-être voudrais-tu écrire sur ton petit frère ?

— *Demi*-frère, précisa Émilie à la hâte.

— Peu importe ce que tu ressens, écris simplement ce qui te passe par la tête.

La responsable fit une pause avant d'ajouter :

— Tu pourrais aussi écrire à propos de ta maman.

Émilie ne répondit rien. Elle refusait d'écrire dans ce journal. À quoi bon ? Ça n'allait pas améliorer les choses. Ni faire revenir sa mère, ni faire disparaître Léo, ni rendre ses nouveaux camarades de classe plus sympas.

Kerry remplit un vase d'eau et Émilie déposa les jonquilles dedans, puis elles rejoignirent les autres à l'écurie.

Curly était assise, ses deux pattes avant maintenues par Jack tandis qu'Anita la chatouillait sous le menton, lui répétant de se détendre. La tonte serait bientôt terminée.

Richard taillait dans la laine de Curly avec une paire de ciseaux aux lames triangulaires. Les boucles couleur crème tombaient au sol, découvrant la peau blanche et lisse de la brebis.

— Est-ce que ça lui fait mal ? s'inquiéta Émilie.

— Pas du tout, répondit Jack. En fait, elle pourrait garder sa laine si elle vivait dehors. Mais elle va mettre bas dans le box, alors son manteau a besoin d'être lavé et lissé, prêt à recevoir l'agneau. Pas vrai, Anita ?

Émilie tressaillit. Elle aurait aimé qu'Anita lui dise quelque chose ; malheureusement, celle-ci ne prit même pas la peine de la regarder. Elle continuait de grattouiller le menton de Curly.

Émilie se tourna vers Kerry et chuchota :

— Qu'est-ce que je dois faire ? Est-ce que je dois m'excuser maintenant ?

La responsable de Mission Bonheur lui fit signe que non.

— Attends peut-être qu'ils aient terminé.

Jack et Anita se parlaient à mi-voix, et la fillette riait.

« Je parie qu'ils se moquent de moi, pensa Émilie. Parce que je ne connais rien aux animaux. »

Richard leva les yeux.

— Bien, nous avons presque fini. Émilie, pourrais-tu apporter un peu d'eau à Curly s'il te plaît ? Elle a besoin de s'hydrater.

À présent, Jack et Anita s'occupaient de plier la laine tondue. Ils gloussaient. Elle était venue là pour être sympa avec Anita et lui demander pardon, mais Jack et elle se comportaient comme si elle n'existait pas.

Il y avait un seau en plastique rempli à ras bord à ses pieds. Elle saisit l'anse et le souleva tant bien que mal.

Les bruits d'éclaboussures rappelèrent soudain la piscine à Émilie. Avant, elle se rendait souvent à la cafétéria du centre de loisirs avec sa meilleure amie Joanna. Elles commandaient un milk-shake et commentaient les plongeons des nageurs juste à côté. Joanna continuait-elle à aller à la cafétéria ? Cela faisait longtemps qu'Émilie ne l'avait pas vue.

Perdue dans ses pensées, Émilie renversa un peu d'eau sur le sol. Quand elle posa le pied sur la paille mouillée, elle dérapa et tomba la tête la première.

Le seau s'envola et déversa son contenu sur Anita.

— Ahhh ! hurla celle-ci en bondissant sur ses pieds.

Curly lança un bêlement de panique et se contorsionna pour s'échapper. Dans sa frayeur, elle heurta le bras de Richard. Celui-ci perdit le contrôle des ciseaux et les lames tranchantes éraflèrent le flanc de la brebis.

Émilie vit avec horreur un trait rouge apparaître sur la peau blanche de Curly.

Jack grogna :

— Oh, non !

Anita éclata en sanglots.

Richard cria à quelqu'un d'apporter le kit de premiers secours.

Émilie s'assit sur la paille, frottant son genou à l'endroit où elle s'était cognée. Elle voulait juste donner un coup de main… Mais encore une fois, tout était allé de travers.

Soudain, tout le monde cessa de s'agiter et se tourna vers elle.

— Je ne l'ai pas fait exprès ! protesta-t-elle, et elle sortit en boitillant du box, aussi vite qu'elle put.

Chapitre sept

Émilie s'accroupit sous le poulailler. Elle tremblait, encore sous le choc de l'accident.

— Je ne l'ai pas fait exprès, répéta-t-elle. J'ai perdu l'équilibre. Je n'ai pas pu retenir le seau.

Patch était couchée près d'elle. La chienne poussa un petit gémissement, comme si elle comprenait ce qu'Émilie lui disait.

— C'est toujours pareil. Je voulais être gentille avec Curly, et maintenant elle est blessée ! J'essaie de bien faire, mais ça ne marche jamais, sanglota Émilie.

La chienne couina à nouveau. Elle posa sa patte sur la jambe d'Émilie.

— Maman savait, elle… elle savait toujours quand je…

Quand quelque chose n'allait pas, sa mère savait toujours comment la consoler – avec une blague idiote, un sourire ou alors de la meilleure des façons : avec un câlin.

Émilie sentit le chagrin la submerger.

— Elle est partie, Patch, et per… personne ne veut plus de moi main… maintenant…, hoqueta-t-elle.

Soudain, quelque chose de chaud lui balaya la figure.

— Oh ! souffla Émilie.

Parfois, quand elle était petite, sa mère lui faisait un « bisou-papillon ». Elle battait des cils contre sa joue comme si un magnifique papillon s'y était posé.

— Oh, Patch, merci !

Émilie l'enlaça. Le pelage de la chienne était si doux !

Elle étreignit Patch de toutes ses forces, puis elle embrassa la fourrure emmêlée sur le haut de son crâne.

— On se comprend, toutes les deux. Ne t'inquiète pas, on est en sécurité ici. Je ne te quitterai pas.

Chapitre huit

— Elle ne s'est quand même pas volatilisée ! s'exclama Richard quand Jack et Anita revinrent bredouilles à l'écurie.

— On a regardé partout, expliqua Anita. J'ai cherché dans le jardin, le potager et l'abri des cochons d'Inde. Jack a fouillé l'écurie, l'enclos de Cynthia, celui des chèvres *et* celui des vaches. Kerry s'est occupée de la grange et de la cafétéria et… et…

Anita était à bout de souffle et elle avait très chaud. Elle avait couru dans toute la ferme depuis qu'Émilie avait disparu.

Richard eut un sourire de gratitude.

— Je vois. Merci beaucoup d'avoir essayé, ma grande.

Il se leva.

— Ne vous en faites pas. Je vais la retrouver. Jack, j'aurais besoin qu'Anita et toi restiez ici avec Curly pour la surveiller. Ça va aller ?

— Pas de problème, dit Jack en s'agenouillant près de Curly et en la caressant. Tout va bien se passer. J'ai vu naître cinq agneaux en une nuit, vous vous rappelez ?

La brebis le poussa du museau. Ses yeux bruns aux reflets dorés fixaient les enfants d'un air anxieux, mais elle ne bougea pas quand ils s'assirent derrière elle sur la paille.

— Ah, tu es là !

Kerry rejoignit Richard près de la mare aux canards.

— Toujours aucun signe d'Émilie.

Le visage de la jeune femme était trempé de sueur et ses tresses étaient parsemées de feuilles à force de chercher dans les buissons.

— Si elle a quitté la ferme, il pourrait lui arriver n'importe quoi…, continua la responsable de Mission Bonheur.

— Je suis sûr qu'elle va bien, essaya de la rassurer Richard.

— Elle s'est littéralement évaporée !

Richard mit un doigt devant sa bouche. Kerry

le dévisagea, intriguée, alors qu'il lui faisait signe de le suivre en direction du poulailler. Devant l'entrée, il posa un genou à terre.

La jeune femme s'accroupit à son tour et scruta l'espace sombre et sale sous le poulailler. Elle distingua la silhouette d'une fillette recroquevillée, caressant un petit chien.

— Émilie ! s'écria Kerry. Tu l'as retrouvée !

Le cœur d'Émilie cessa de battre lorsqu'elle entendit la voix de Kerry. Elle eut très froid tout à coup. Elle avait promis à Patch qu'elles seraient en sécurité à cet endroit. Il n'y avait plus d'échappatoire, à présent. Elles étaient piégées sous le poulailler.

La chienne, percevant la crainte d'Émilie, se débattit pour se libérer de ses bras.

Richard était là, lui aussi. La fillette vit ses boucles blanches dépasser alors qu'il se penchait. Son cœur battait à tout rompre, maintenant.

— Laissez-nous tranquilles ! cria-t-elle.

Patch, complètement affolée désormais, se libéra de l'étreinte d'Émilie et détala vers son coin.

— Tout va bien, ma grande. N'aie pas peur, lui dit le vieil homme avec gentillesse.

Émilie tressaillit en se rappelant son regard sévère dans le box de Curly.

— Allez-vous-en ! cria-t-elle.

— On est si contents de t'avoir retrouvée ! s'exclama Kerry. On sait que tu ne voulais pas faire de mal à Curly.

Émilie ne la croyait pas.

— Je ne sortirai pas ! lança-t-elle.

— Eh, mais c'est Patch là-bas dans le coin, n'est-ce pas ? demanda Richard.

— Vous l'avez effrayée. Allez-vous-en !

Le fermier ne bougea pas.

— Tu as pris soin d'elle. Bravo, Émilie !

— Elle a peur. Vous ne pouvez pas nous laisser, à la fin ?

— Elle n'a pas peur de toi. Tu te débrouilles très bien avec les animaux, ma grande, la félicita Richard.

— Non, c'est faux ! Vous n'avez pas vu ce que j'ai fait à Curly ?

Richard eut l'air surpris.

— Ce n'était pas ta faute ! Si tu veux accuser quelqu'un, ce devrait être moi. C'est moi qui tenais les ciseaux. J'aurais dû faire plus attention…

— Ça suffit, l'interrompit Kerry. On t'a vue tomber, Émilie. C'était un accident. Tu n'as pas fait exprès de renverser le seau. Curly a paniqué, et elle s'est blessée contre les ciseaux. Ce n'est pas ta faute.

La fillette sentit monter un sanglot.

— C'est toujours ma faute quand il arrive quelque chose !

La jeune femme soupira.

— C'est la dernière fois que je t'entends dire ça, Émilie Kane, parce que c'est n'importe quoi. Curly va bien. Ce n'est qu'une égratignure.

— Émilie, Patch a besoin d'aide, insista Richard. Il faut qu'on la lave et qu'on la mette au chaud. Tu es la seule personne qui peut la convaincre de sortir. Est-ce que je peux compter sur toi ?

Émilie caressa Patch.

— C'est bon, murmura-t-elle. Ils ne vont rien te faire.

Patch lança un jappement aigu et rampa dans sa direction.

Délicatement, Émilie s'extirpa de sous le poulailler, Patch sur les talons. La chienne se coucha aux pieds d'Émilie et leva vers elle des yeux implorants.

Richard affichait un sourire radieux.

— Ne me dis pas que tu ne sais pas t'y prendre avec les animaux ! dit-il avec satisfaction. Tu es faite pour ça, petite.

— Émilie, tu as un vrai don ! renchérit Kerry.

Le cœur d'Émilie se gonfla de fierté. Elle se pencha pour caresser le crâne de Patch.

— Regardez ces nœuds dans son pelage. Elle a besoin d'un bon bain.

Richard approuva.

— Amène-la chez moi. Tu peux utiliser ma salle de bains, personne ne te dérangera. Émilie, tu es la seule en qui Patch a confiance, donc c'est toi qui vas t'en occuper. D'accord ?

La fillette était impressionnée. Richard avait-il deviné qu'elles étaient si proches ? Elle avait pourtant fait attention à garder son secret !

— Viens avec moi, Émilie, proposa Kerry. Je vais t'accompagner chez Richard. Il doit retourner s'occuper de Curly.

Émilie considéra le fermier avec inquiétude.

— Ça va aller pour Curly, n'est-ce pas ?

Richard hocha la tête et sourit.

— Mais oui, tout va très bien se passer.

La responsable de Mission Bonheur passa un bras autour des épaules d'Émilie et la conduisit sur le sentier. Patch trottinait derrière, la truffe collée aux baskets de la fillette.

« La salle de bains de Richard est parfaite pour laver un chien », songea Émilie en tournant les robinets d'eau chaude et froide. Installée sous le toit de la vieille bâtisse, elle avait des poutres en bois au plafond, et il n'y avait pas des tonnes de bouteilles, bocaux, pinces à cheveux et affaires de bébé disséminés partout, comme chez elle. Juste un rasoir, un peigne, une brosse à dents et un tube de dentifrice sur la tablette du lavabo et un savon sur le bord de la baignoire.

Kerry étendit des serviettes par terre et donna à Émilie une bouteille de shampoing pour chien.

— Très bien, Patch, dit-elle alors que la fillette la plongeait dans l'eau tiède. Elle a confiance en toi, Émilie !

— C'est parce qu'on se comprend, expliqua Émilie en déposant un peu de shampoing dans ses mains et en l'étalant délicatement sur la fourrure de Patch. On se ressemble, toutes les deux. Personne ne veut de nous.

— Ce n'est pas vrai..., commença la responsable.

— Si, l'interrompit Émilie. Jack et Anita avaient l'air hyper en colère, quand j'ai renversé l'eau. Ils doivent penser que je suis une incapable.

Kerry secoua la tête.

— Ils m'ont aidée à te chercher. Ils étaient inquiets pour toi.

Émilie haussa les épaules.

— Mais ce ne sont pas mes amis. Je n'ai plus aucun ami, maintenant.

— Je sais ce que ça fait, confia la jeune femme.

Émilie l'observa. Kerry était si belle, avec son grand sourire, ses yeux vifs et ses magnifiques tresses aux perles d'argent.

— Comment c'est possible ? Je parie que tout le monde veut être ami avec toi.

Kerry eut l'air triste.

— Quand j'avais quinze ans, mon père a trouvé un nouveau travail et nous avons emménagé ici. J'ai laissé derrière moi ma meilleure amie, mes copines de classe, ma grande sœur et son bébé. Tous les gens auxquels je tenais, en somme.

Elle agita ses longues tresses noires, comme si elle voulait chasser ces mauvais souvenirs.

— Je me sentais tellement seule… Tous ceux de mon nouveau lycée avaient déjà leurs propres amis. Personne ne s'intéressait à moi.

— C'est affreux, commenta Émilie, qui massait le crâne de Patch en prenant soin de ne pas lui mettre de shampoing dans les yeux.

— Mais maman était là, quand je rentrais à la maison.

Émilie fixait l'eau savonneuse. Elle ne voulait pas pleurer devant Kerry. C'était si douloureux d'imaginer ce que serait sa vie si sa mère était toujours là ! Elle pourrait supporter tout le reste. Elle se moquerait pas mal de ne pas avoir d'amis.

— Ça a été très, très dur pour toi de perdre ta mère, Émilie. N'importe qui aurait du mal à s'adapter à sa nouvelle école en ayant vécu la même chose.

La gorge de la fillette se serra. Elle se demanda ce qui était arrivé à Kerry, après.

— Est-ce que tu as réussi à te faire de nouveaux amis, finalement ? interrogea-t-elle au bout d'un moment.

Kerry sourit.

— Ça a pris un peu de temps. Je pensais que personne ne pourrait être aussi proche de moi que l'avait été Jenny, mon ancienne meilleure amie. Mais ensuite, j'ai appris à connaître certaines de mes camarades de classe, et je me suis très bien entendue avec elles. Aujourd'hui encore, j'en vois une ou deux de temps en temps.

— Je ne pense pas que ça se passera comme ça pour moi un jour, dit Émilie, se rappelant les regards braqués sur elle dans la salle de spectacle, et la façon dont Jack et Anita gloussaient entre eux.

— Quand de mauvaises choses arrivent, Émilie, il faut du temps avant de pouvoir à nouveau faire confiance aux gens. Regarde Patch !

Kerry tendit la main et la chienne sursauta et recula, éclaboussant partout autour d'elle.

La fillette lui frotta les oreilles et lui ordonna avec douceur de ne pas faire de bêtises. Patch se détendit et lui lécha les doigts. Ses yeux pétillaient de joie.

— Tu vois, poursuivit la jeune femme. Elle te fait confiance. Malgré ce qui lui est arrivé, elle veut être ton amie.

Émilie caressa la tête de Patch. Kerry avait raison. Si Patch, qui avait été si mal traitée par les humains, était capable de réapprendre à leur faire confiance, elle le pouvait aussi. Rien ne serait jamais plus comme avant, mais peut-être qu'elle pouvait de nouveau être heureuse, après tout.

Chapitre neuf

Émilie était impatiente de rapporter à son père les paroles de Richard : « Ne me dis pas que tu ne sais pas t'y prendre avec les animaux. Tu es faite pour ça, petite ! » Il allait être fier d'elle, quand il saurait qu'elle avait gagné la confiance de Patch, ce que personne n'avait réussi, à la ferme !

Mais il n'était pas là quand elle rentra à la maison. Il était toujours au travail et Denise annonça qu'il allait être en retard. Pour le dîner, elle avait préparé un hachis Parmentier avec une grosse couche de fromage gratiné.

Émilie dévora sa part. Cette journée riche en émotions l'avait affamée. Après avoir aidé sa belle-mère à remplir le lave-vaisselle, elle alla s'allonger dans le canapé. Elle ne pouvait pas s'empêcher de penser à Patch. Comment allait-elle en ce moment, livrée à elle-même ?

La chienne avait eu énormément de peine quand Émilie était partie. Elle refusait de rester chez Richard. Elle ne voulait pas non plus suivre Kerry dans la grange. La seule personne à qui elle obéissait, en fin de compte, c'était Émilie.

Richard s'était montré très patient. Il avait dit à la fillette de ne pas s'inquiéter. Si Patch n'était pas prête à dormir dans une maison, il préparerait un bon lit pour elle dans son coin préféré, sous le poulailler. Elle se sentirait en sécurité cette nuit-là, et le lendemain matin, elle serait très heureuse de revoir Émilie. Ces prochains jours, avait expliqué le fermier, ils essaieraient de l'apprivoiser. Pas besoin de se précipiter.

Émilie se réjouit à l'idée de revoir Patch le lendemain.

Sa belle-mère apparut dans le salon, les traits tirés et les cheveux en bataille.

— Émilie, tu serais un amour si tu pouvais surveiller Léo pendant une demi-heure… Il vient de s'endormir et j'ai absolument besoin de prendre un bain et de me laver les cheveux.

Émilie accepta. Si son frère dormait, elle pouvait rester dans le canapé et lire.

— Super.

Sa belle-mère s'empressa d'aller chercher le bébé. Il était installé dans son transat, les yeux clos, ses minuscules bras étendus le long du corps. Denise posa le siège par terre, près d'Émilie, et monta prendre son bain.

La fillette fouilla dans son sac à la recherche d'un de ses livres préférés. Au lieu de ça, elle tomba sur le journal que lui avait donné Kerry. Émilie repensa à sa journée, et elle n'eut soudain plus envie de lire. Elle avait une histoire à raconter, désormais : celle de son amitié avec Patch. Elle ouvrit le cahier à la première page, attrapa un feutre et écrivit :

Patch et moi.

Par où commencer ? Certains écrivent : « Cher journal… » Mais un journal intime n'est pas une personne. D'ailleurs, celui-là n'était qu'un vulgaire cahier de brouillon. Elle pouvait adresser son histoire à son père, mais ce serait beaucoup plus drôle de la lui raconter en vrai. Émilie eut une idée soudaine. Sa mère ! Elle aurait compris mieux que quiconque combien Émilie aimait Patch.

Maman, commença-t-elle, *je sais que tu ne liras jamais ce journal, mais j'ai quand même envie de t'écrire pour te raconter. Il m'est arrivé un truc trop génial : je me suis fait une nouvelle amie. C'est une petite chienne, elle s'appelle Patch. Je suis sûre qu'elle te plairait...*

La fillette écrivit trois pages entières sans s'arrêter, puis mit un point final et rangea le journal. Elle se sentait vide et triste à la fois. C'était amusant de raconter tout ça, mais... sa mère ne le lirait jamais. Et quand son père rentrerait à la maison, il n'en aurait sûrement rien à faire. Il filerait droit vers le bébé et ne prendrait même pas le temps de l'écouter.

Elle soupira et se tourna vers Léo, endormi dans son transat. Ses cheveux étaient rassemblés en une unique boucle sur le sommet de son crâne, et ses cils semblaient très longs sur ses joues rebondies. Quand il ne hurlait pas, ne pleurait pas et ne mettait pas la pagaille partout, il était plutôt craquant.

Alors qu'Émilie le regardait, il renifla et ses minuscules mains tressaillirent. La fillette quitta le canapé et vint s'asseoir devant lui, craignant qu'il ne se réveille. Mais il ne faisait que rêver.

Elle lui effleura le visage du bout des doigts. Ses joues étaient si douces ! Émilie mourait d'envie de les caresser.

— T'es trop mignon, murmura-t-elle.

Léo gigota. Il ouvrit un œil et haussa les sourcils en la voyant.

— Mmm..., balbutia-t-il, et il lui adressa un immense sourire sans dents.

— Coucou, fit Émilie avec douceur.

— Mmm..., répéta Léo.

Puis il chercha sa mère du regard. Quand il s'aperçut qu'elle n'était pas là, il cessa de sourire. Son visage rond se déforma.

— Oh, non, Léo, non, le supplia en vain Émilie.

Son frère prit une profonde inspiration. Ses joues, qui semblaient si douces quelques secondes plus tôt, devinrent toutes rouges. Il se mit à hurler.

Les cris du petit étaient si stridents que les oreilles d'Émilie bourdonnèrent. Elle essaya de le bercer pour le calmer, mais il pleura de plus belle.

— Qu'est-ce que tu lui *fais* ?

Denise surgit dans le salon en peignoir, une serviette enturbannée sur la tête.

— Rien, je...

Émilie allait lui expliquer qu'il venait à peine de se réveiller et de se mettre à crier quand elle entendit un bruit de clé dans la serrure : son père était de retour.

Il entra dans le salon et jeta sa mallette sur un fauteuil.

— Que se passe-t-il, ici ? demanda-t-il.

— Là, ça va aller, mon cœur.

Denise tenait Léo contre son épaule et lui tapotait le dos.

— Je l'ai laissé cinq minutes avec Émilie et voilà le résultat. Franchement, Jonathan, je n'en peux plus.

— Je n'ai rien fait ! protesta Émilie, essayant de se faire entendre par-dessus les hurlements de Léo.

— Émilie, va dans ta chambre, ordonna son père d'un ton bref.

— Tu me dis toujours d'aller dans ma chambre, rétorqua-t-elle. C'est pas juste !

M. Kane baissa les yeux sur elle. Il avait l'air exténué et en colère.

— Je ne voulais pas l'embêter, plaida la fillette. Je voulais juste...

— Émilie, fais ce que je t'ai dit, l'interrompit son père. Va dans ta chambre !

Il passa les bras autour de sa femme et du bébé.

Émilie ramassa son sac, son journal et le feutre.

— C'est bon, je m'en vais ! fit-elle.

Personne n'y prêta attention. Léo s'égosillait plus que jamais. Même Denise sanglotait. Elle posa la tête sur l'épaule de son mari et il resserra ses bras autour d'elle. Ils ne virent même pas Émilie quitter la pièce.

Par la fenêtre de sa chambre, la lune brillait et des nuages argentés s'amoncelaient dans le ciel nocturne.

Émilie se rappela ce qu'avait dit Kerry à propos de la météo, la veille. Peu importe, ce n'était pas le mauvais temps qui allait l'arrêter. Émilie s'en irait ce soir, et elle ne reviendrait jamais.

La maison était calme. Son père et sa belle-mère dormaient. Émilie les avait entendus chuchoter dans le couloir, quand ils avaient porté Léo dans son lit. Son père avait frappé à la porte de sa chambre mais elle avait fait semblant d'être endormie. À quoi bon répondre, si c'était pour se faire gronder à nouveau ?

Émilie roula en boule un pantalon et deux tee-shirts et les fourra dans son sac, ainsi qu'une paire de chaussettes et des sous-vêtements de rechange.

Elle poussa un gros soupir alors qu'elle se rappelait à quel point Léo semblait paisible, tout à l'heure, dans son transat. Pourquoi est-ce qu'il s'était mis à pleurer en la voyant ?

Émilie contempla sa chambre une dernière fois. Sur la table de chevet, il y avait une photo de sa mère, souriante et heureuse, avant qu'elle ne tombe malade. Émilie avait pris la photo un jour où elles étaient allées au parc.

Il y avait juste assez de place pour le cadre dans son sac. La fillette le saisit et le glissa à l'intérieur, avant de remonter la fermeture Éclair. Puis elle descendit l'escalier à pas de loup, ouvrit la porte et sortit dans la nuit froide.

— Je viens te chercher, Patch, murmura-t-elle, même si personne ne pouvait l'entendre.

Chapitre dix

Les grilles de la Petite Ferme projetaient une ombre effrayante sous le clair de lune. Émilie n'était jamais sortie aussi tard dans la nuit. Elle tressaillit en entendant un bruissement derrière elle.

Elle fit volte-face, retenant son souffle, mais ce n'était qu'un paquet de chips soulevé par le vent sur la route.

Ses mains étaient gelées après cette si longue marche. Elle poussa sur le portail, mais il ne bougea pas. Elle agrippa les barreaux et les secoua. En vain. Richard avait dû fermer à clé avant d'aller se coucher.

Émilie ne savait pas quoi faire. Elle jeta un coup

d'œil alentour. Pas un chat. L'herbe du parc prenait des reflets argentés sous la lune, et les rues qui menaient aux immeubles étaient désertes. Il n'y avait personne à qui demander de l'aide.

De l'autre côté des immeubles, une sirène de police retentit. Le cœur d'Émilie s'emballa. Et si son père avait appelé la police pour signaler sa disparition ? Il avait peut-être regardé dans sa chambre et découvert son lit vide. Si seulement elle avait pensé à glisser une boule de vêtements sous ses draps…

La sirène de police s'éloigna. Émilie avança dans l'ombre le long de la haute clôture en bois qui entourait la ferme. Elle continua jusqu'à se retrouver dans une ruelle sombre, là où on stockait les poubelles. Il y avait plein de recoins à cet endroit.

Une silhouette à quatre pattes surgit parmi les containers.

— Patch ? appela Émilie, le cœur battant.

Mais cet animal n'était pas Patch. Ses pattes étaient trop fines et il avait un museau pointu. Il s'approcha d'Émilie, flairant son odeur. Elle retint sa respiration, puis elle vit son pelage roux scintiller dans le clair de lune. Un renard.

Immobile, elle le regarda s'éloigner en trottinant, fouinant le long de la clôture.

Soudain, il disparut à l'intérieur de la ferme. Il devait y avoir un passage !

Émilie se précipita derrière lui. À un endroit, en effet, certaines planches de bois étaient cassées. Elle s'agenouilla et approcha son œil du trou. Elle ne voyait que de l'herbe.

— Patch ! appela-t-elle tout bas, n'osant pas crier au cas où quelqu'un l'entendrait. Tu es là ?

Elle siffla et l'appela à nouveau… mais aucun signe de la petite chienne. Patch devait dormir profondément sous le poulailler.

Émilie n'avait pas le choix. Elle devait aller la chercher. Mais elle était beaucoup plus grosse que ce renard maigrelet. Elle ne passerait jamais par cette brèche !

Elle glissa son sac de l'autre côté et tenta de s'engager elle aussi : ses épaules étaient trop larges et elle resta coincée.

« Ne panique pas ! » se dit-elle, submergée par la peur. Elle inspira à fond et se força à ne pas crier. « Il doit y avoir un moyen de passer. »

Elle se tortilla pour se mettre sur le côté. Puis elle poussa sur ses pieds pour s'extraire du trou.

Émilie réussit à se faufiler, et elle tomba à quatre pattes sur l'herbe mouillée. Elle avait atterri dans le potager, au milieu des haricots.

— Merci, chuchota-t-elle en direction de la haie sombre où s'était tapi le renard.

Soudain, une immense silhouette aux manches en lambeaux et au grand chapeau surgit devant elle, bras tendus en avant.

Émilie étouffa un cri. C'était la créature de ses cauchemars !

Elle ferma les yeux et attendit que les mains râpeuses de l'horrible monstre lui saisissent les cheveux. Son cœur battait à tout rompre. Rien ne se passa. Au bout d'un moment, elle rouvrit les paupières. L'effrayante forme en haillons n'avait pas bougé.

Émilie poussa un long soupir, soulagée. Ce n'était que Richard III. Le vent s'était engouffré dans son manteau d'épouvantail, le rendant plus vrai que nature. Elle pressa son sac contre sa poitrine et se dépêcha de partir.

Alors qu'Émilie longeait le box de Curly sur la pointe des pieds, un cri de douleur lui glaça le sang.

— Il y a quelqu'un ? appela Émilie.

Personne ne répondit. Les gémissements recommencèrent.

Une terrible pensée lui vint à l'esprit. Et si c'était Curly qui pleurait ainsi ?

Elle s'approcha en silence de la porte du box.

Curly gisait sur un tas de paille, son corps blanc éclairé par la lanterne suspendue dans un coin.

— Que se passe-t-il, Curly ?

La brebis leva vers Émilie des yeux exorbités. La coupure sur son flanc ne saignait plus. Le problème ne venait pas de là.

Soudain, le corps de Curly se crispa. Comme si elle luttait contre quelque chose qui la blessait de l'intérieur.

La brebis poussa un nouveau cri avant de s'affaler sur la paille, haletante.

— Curly ! C'est ton bébé ! comprit tout à coup Émilie. Il arrive ! Attends, je vais chercher de l'aide.

Émilie oublia complètement qu'elle était venue à la ferme pour s'enfuir avec Patch. Elle laissa tomber son sac et courut sur le sentier.

La maison de Richard était plongée dans le noir et il n'y avait pas de sonnette sur la vieille porte en bois. Émilie tambourina avec ses poings et cria aussi fort qu'elle put :

— Venez vite, s'il vous plaît ! C'est Curly !

Ses mains lui faisaient mal à force de cogner contre le bois dur. Enfin, une lumière s'alluma à l'étage.

Émilie sentit alors une truffe glacée lui toucher la main. Quand elle se retourna, Patch bondit et lui donna un grand coup de langue.

— Patch !

La fillette jeta ses bras autour de la petite chienne.

Patch remuait la queue à toute vitesse et elle ne cessait de sauter sur Émilie pour lui montrer combien elle était contente de la voir.

Enfin, la porte d'entrée s'ouvrit dans un grincement et Richard apparut, ses cheveux blancs dressés sur la tête. Il cligna des yeux, à moitié endormi.

— Que se passe-t-il ?

— C'est l'agneau ! Curly est en train de mettre bas !

— J'arrive.

Le vieil homme courut enfiler un manteau par-dessus son pyjama puis il enfonça ses pieds nus dans une grosse paire de bottes en caoutchouc.

— Allons-y !

Il s'arrêta net et examina Émilie.

— Attends un peu… Mais qu'est-ce que tu fais là ? On est au milieu de la nuit !

— S'il vous plaît, on n'a pas le temps ! Curly a besoin de nous !

— D'accord.

Ils s'engagèrent à grands pas sur le sentier, Patch sur leurs talons.

Quand Richard entendit les geignements de Curly, son visage devint grave. Il se rua vers le box et s'agenouilla à côté de la brebis.

— Ça ne va pas fort, ma belle, hein ?

Il se tourna vers Émilie.

— Viens t'asseoir près de sa tête.

Il parlait vite, sur un ton brusque qu'elle ne lui avait jamais entendu.

— Caresse-la pour la calmer. Je vais faire sortir l'agneau.

Il vint s'accroupir près de la queue de Curly et Émilie grattouilla le menton de la brebis.

— On est là, maintenant, Curly. Tout va bien, chuchota-t-elle.

Patch s'assit près d'elle.

La brebis s'agitait dans tous les sens, secouée par des vagues de douleur. Ses yeux étaient ternes et sa langue pendait sur le côté.

Émilie lui répétait que tout allait bien se passer.

— Pauvre bête, elle doit souffrir depuis un bon moment, déjà, souffla Richard. Continue, Curly ! Ce ne sera plus très long.

Curly poussa un dernier cri. Son corps entier tressauta puis elle retomba sur la paille, hors d'haleine.

— Quel courage, ma belle, bravo ! la félicita Richard d'une voix douce.

Il fit signe à Émilie de venir voir.

La fillette se dépêcha de le rejoindre. Là, pelotonnée sur la paille, se tenait une toute petite agnelle. Sa toison était mouillée et poisseuse, et elle ne bougeait quasiment pas.

— Est-ce qu'elle est vivante ? murmura Émilie.

— Je crois, oui. Il faut juste qu'on l'aide à respirer.

Richard prit un chiffon et frictionna la tête et les flancs de la petite bête jusqu'à ce qu'elle toussote. Elle leva vers Émilie ses grands yeux noirs. Puis elle ouvrit la gueule et poussa un faible bêlement.

— Regarde, Curly ! dit le fermier avec un immense sourire. C'est ta fille !

Chapitre onze

— C'est incroyable ! souffla Émilie, contemplant la nouveau-née.

L'agnelle avait des sabots miniatures et des boucles serrées.

Richard s'occupait de Curly. Il lui apporta de l'eau, mais elle n'y toucha pas. Il approcha le bébé de son museau, mais la brebis referma les paupières et l'ignora.

Richard fronça les sourcils.

— Quelque chose ne va pas.

Le ventre d'Émilie se noua. Curly était si calme, étendue sur la paille…

— Qu'est-ce qu'elle a ? Elle ne va pas mourir ? demanda Émilie.

— Elle ne va pas bien. Je dois appeler le vétérinaire.

Richard plaça l'agnelle sur un tas de paille propre.

— Viens te blottir contre elle. Surveille-la pendant mon absence.

Émilie s'assit sur la paille et enlaça le petit corps de l'agnelle. À peine sortie du ventre de sa mère, la jeune brebis était très chaude et son cœur battait vite. Patch vint se coucher à côté d'Émilie et lui lécha les doigts.

— Je suis contente que tu sois là, Patch, chuchota-t-elle.

Elle avait très peur pour Curly. La brebis respirait toujours ; Émilie pouvait voir son flanc monter et descendre lentement. Mais elle restait étendue les yeux clos. « Pourvu que le vétérinaire fasse vite ! »

Après un court instant, Émilie entendit les pas rapides de Richard sur le sentier.

— Le vétérinaire arrive, annonça-t-il en entrant dans le box. Maintenant, donnons à boire à cette petite.

Il s'agenouilla près de Curly et sortit un bol de sa poche.

— Je vais la traire, expliqua-t-il. Avant tout, un agneau nouveau-né a besoin du colostrum de sa mère.

— Qu'est-ce que c'est ? demanda Émilie.

— C'est le premier lait que les brebis fabriquent. Il est très spécial, plein d'anticorps, de vitamines et de bons nutriments pour l'agneau.

Richard pressa la mamelle de Curly. Puis il montra le bol à Émilie. Il était rempli d'un épais liquide jaune.

— Pouah ! Ça a l'air dégoûtant !

Richard gloussa.

— Crois-moi, c'est la meilleure chose au monde pour cette petite créature.

Il fouilla dans son autre poche et en sortit une bouteille. Il y versa le lait jaunâtre et vissa une tétine au goulot.

— Observe bien, Émilie.

Il mit l'agnelle sur ses pattes puis il s'agenouilla, calant la petite tête entre ses genoux, son museau face à lui.

— Voilà comment il faut nourrir un agneau qui vient de naître.

— Pourquoi vous ne la portez pas ? voulut savoir Émilie. Elle a l'air trop faible pour tenir sur ses pattes.

— C'est comme ça qu'elle téterait sa mère, expliqua-t-il. Il vaut mieux qu'elle soit debout, sinon elle ne digérera pas bien.

Il plaça le biberon devant le museau de l'agnelle.

Mais le frêle animal gardait la tête baissée. Il refusait de boire.

Richard avait l'air tracassé.

— Il faut qu'on la mette dans la grange, au chaud. Mais je ne peux pas laisser Curly seule tant que le vétérinaire n'est pas là.

— Je m'en charge, proposa Émilie, bien qu'elle ait un peu peur.

Et si elle n'arrivait pas à nourrir l'agnelle ? C'était une grande responsabilité. Même Richard n'y était pas arrivé.

— Fantastique, dit le fermier. Je te rejoindrai dès que le vétérinaire sera là.

Il souleva l'agnelle et la confia à Émilie.

— Si quelqu'un peut le faire, c'est bien toi.

La grange était si calme et la nuit bien vide sans Kerry pendue au téléphone. Il n'y avait pas le cliquetis des assiettes ni les odeurs de cuisine venues de la cafétéria, ni les rires de Jack et d'Anita.

Émilie prit un des coussins du canapé et le déposa devant le poêle. Elle s'assit dessus, tenant l'agnelle entre ses genoux comme le lui avait montré Richard. Patch était couchée à côté d'elle, épiant chacun de ses mouvements.

La petite brebis réagissait exactement comme avec le fermier. Elle ne voulait pas attraper le biberon. Chaque fois qu'Émilie l'approchait, elle détournait la tête.

— Allez, ma belle, essaie, s'il te plaît.

Sa voix résonnait étrangement dans la grange déserte. Elle agita la tétine contre les lèvres de l'animal, comme faisait Denise quand Léo refusait de boire. Mais rien à faire. L'agnelle ne voulait pas de son lait.

— S'il te plaît, murmura Émilie.

Elle était si faible et si maigre ! Si elle ne prenait pas son lait spécial tout de suite, elle ne survivrait peut-être pas. La gorge d'Émilie se serra. Elle se mordit la lèvre pour s'empêcher de trembler. Patch couina et poussa la fillette avec son museau.

— Qu'est-ce qu'il y a, Patch ?

La chienne se dressa, la queue frétillante, et renifla l'agnelle. Puis elle donna un coup de langue sur son petit museau et son corps laineux.

L'agnelle gigota et bêla. Elle regarda autour d'elle, comme si elle cherchait quelque chose. Patch continuait de la lécher.

Émilie essaya de lui donner le biberon à nouveau, et cette fois, l'agnelle se mit à téter.

— Oh, bravo, Patch ! souffla Émilie.

L'agnelle téta encore et encore, jusqu'à ce qu'il

n'y ait plus de lait. Le biberon vide, elle balaya la pièce du regard et poussa un puissant bêlement.

— Je parie qu'elle veut sa mère, devina Émilie.

Patch remua la queue, les yeux pétillants.

— Je sais !

Émilie avait une idée. Elle se leva et déposa l'agnelle sur le coussin. Puis elle tapota le tissu.

— Viens, Patch !

Patch comprit aussitôt ce que lui demandait Émilie. Elle grimpa sur le coussin et se coucha près de la nouveau-née. Sans tarder, l'agnelle ferma les paupières, blottie contre la chienne.

Émilie caressa le crâne de Patch.

— Bien joué, ma belle !

Les deux bêtes avaient l'air si paisibles, couchées ainsi sur le coussin ! Avant, Émilie et sa mère avaient l'habitude de s'installer dans le canapé après le dîner. Sa mère la prenait dans ses bras et elles lisaient, elles regardaient la télévision ou elles discutaient, tout simplement.

Émilie grattouilla l'agnelle entre les oreilles. Le petit animal l'observa en clignant des yeux.

— J'ai pensé à un nom pour toi, dit-elle. Lizzie. C'était le prénom de ma mère. Qu'est-ce que t'en dis ?

Lizzie remua la tête. Émilie sourit, puis elle s'aperçut que l'agnelle tombait de sommeil.

— D'accord, Lizzie, repose-toi. Patch va veiller sur toi.

Son cœur se serra tout à coup. Lizzie n'avait plus besoin d'elle. Patch non plus. Sans la petite chienne à ses côtés, Émilie se retrouvait seule à nouveau. Elle s'affala dans le canapé, abattue. Que lui avait dit Kerry, déjà ? « Les émotions peuvent être très puissantes. Elles peuvent prendre le contrôle sur nous. » C'était exactement ça. La tristesse et la solitude la pétrifiaient, transformant son corps en glaçon.

Mais la responsable de Mission Bonheur lui avait aussi conseillé d'écrire ce qu'elle ressentait. Elle lui avait assuré que cela l'aiderait. Le sac d'Émilie était posé contre le canapé. Elle tombait de fatigue, mais elle saisit le sac et en sortit son journal.

Elle l'ouvrit et relut les mots joyeux qu'elle avait écrits à propos de Patch, plus tôt dans la soirée. Elle alla à la page suivante, blanche, et se mit à écrire.

Maman, tu me manques énormément. J'aimerais tellement que tu viennes t'asseoir à côté de moi et que tu me prennes dans tes bras. Personne ne me fait plus de câlins, maintenant. Tout le monde se moque de ce qui m'arrive. J'ai essayé d'être gentille avec Léo, mais il pleure tout le temps. Papa me déteste, et Denise aussi. Ils ne veulent pas de moi. Je suis venue à la ferme ce soir pour chercher Patch et qu'on s'en aille quelque part, rien que nous deux…

La vue brouillée par les larmes, Émilie avait de plus en plus de mal à poursuivre. Elle parvint tout de même à griffonner en majuscules sur toute la page :

MAMAN ! REVIENS, S'IL TE PLAÎT ! J'AI BESOIN DE TOI…

Émilie n'entendit pas la porte de la grange s'ouvrir, ni le bruit des pas sur le carrelage. Elle se croyait seule jusqu'à ce qu'une voix l'appelle.

— Émilie !

Son père était venu la chercher.

Chapitre douze

— Papa ! Qu'est-ce que tu fais là ? s'étonna la fillette.

— J'ai reçu un coup de téléphone, répondit M. Kane.

Ses lunettes étaient de travers et il avait les cheveux en bataille. Il avait dû sauter du lit, enfiler son manteau et conduire aussitôt jusqu'à la ferme.

— C'était Richard… Il a dit que tu étais là… J'étais mort d'inquiétude.

Émilie s'attendait à ce qu'il lui crie dessus… mais non.

Il se passa la main dans les cheveux et poursuivit :

— Il est minuit passé, tout le monde dort. Je ne comprends pas, tu as passé toute la journée à la ferme, pourquoi revenir ?

La fillette rougit et son ventre se noua. Son père n'avait pas compris qu'elle voulait fuguer ! Il croyait simplement qu'elle avait envie de retourner à la ferme. Malheureusement, ses yeux tombèrent sur le sac ouvert d'Émilie. Il prit un air scandalisé en découvrant les vêtements de rechange et la photo de sa mère.

— Oh, Émilie !

Maintenant qu'il connaissait son plan, il allait sûrement se mettre très en colère.

— Tu voulais t'enfuir ! Mais pourquoi, ma chérie ?

La fillette prit une grande inspiration.

— Je pensais que vous seriez plus heureux sans moi, Denise et toi. Je ne fais que vous causer des problèmes. Hier, je regardais Léo et, d'un coup, il s'est mis à pleurer.

Son père cligna des yeux, comme s'il essayait de comprendre ce qu'elle venait de dire.

— Je pensais que ça irait mieux si je partais.

— Bien sûr que non !

Il s'assit à côté d'elle sur le canapé.

— Tu te trompes complètement.

— Mais vous êtes toujours en colère contre moi.

— Mon cœur, c'est vrai que je me fâche parfois, mais ça n'a rien à voir avec toi ! Je suis fatigué, voilà tout. À cause du travail et du bébé. Et c'est pareil pour Denise. On est tout le temps épuisés, tous les deux.

Il soupira et se frotta le visage, puis il passa son bras autour des épaules d'Émilie.

— Tu es notre fille adorée, Émilie. Nous t'aimons.

— Mais vous aimez encore plus Léo, gémit la fillette. Vous n'avez pas vraiment envie que je sois là.

Son père l'attira contre lui.

— C'est totalement faux. Nous t'aimons tous très, très fort.

Son regard se posa sur le cahier laissé au sol.

— Non, c'est privé…

Trop tard. M. Kane l'avait déjà ouvert.

— S'il te plaît, papa, ne lis pas !

Elle lui arracha le journal des mains et se roula en boule dans le canapé pour qu'il ne puisse pas l'attraper.

— Qu'est-ce que tu as écrit là-dedans, ma chérie ?

Émilie secoua la tête.

— Rien !

— J'adorerais le lire.

— Non !

Elle plaqua le cahier contre sa poitrine.

— Ça m'aiderait beaucoup à comprendre ce que tu ressens. S'il te plaît, Émilie. Ou alors, parle-moi…

La fillette regarda son père et fut stupéfaite de le voir les larmes aux yeux. Elle ouvrit son journal et relut la première page, celle qu'elle avait écrite dans le salon, quand Léo dormait dans son transat. Elle voulait tellement raconter l'histoire de Patch à son père ! Peut-être pouvait-elle le faire maintenant.

— Bon, je te lis le début, si tu veux.

— Ce serait super, murmura-t-il.

— « Maman, commença-t-elle à voix haute, je sais que tu ne liras jamais ce journal, mais j'ai quand même envie de t'écrire pour te raconter. Il m'est arrivé un truc trop génial : je me suis fait une nouvelle amie. C'est une petite chienne, elle s'appelle Patch… »

— Pourquoi tu ne m'as pas raconté ça *à moi* ? l'interrompit son père.

— J'ai essayé. Mais Léo pleurnichait et Denise avait besoin de toi.

— Oh, Émilie ! Je suis vraiment désolé. Tu veux bien lire encore un peu ?

— « Patch est exactement comme moi. Personne ne veut d'elle. Tout le monde s'en fiche.

Elle a peur de tous les êtres humains sauf de moi. Je lui ai donné un bain aujourd'hui, et elle voulait que ce soit moi qui le fasse. La première fois qu'on s'est rencontrées, elle s'est enfuie, mais ensuite je l'ai retrouvée… »

M. Kane l'écouta sans rien dire, le regard braqué sur ses mains. Quand elle eut fini la partie où Richard parlait de son don avec les animaux, Émilie reposa le journal.

Son père l'enlaça et la serra très, très fort. Le visage de la fillette se couvrit de larmes.

— Je suis désolé, répéta-t-il pour la énième fois. Est-ce que c'est Patch là-bas, couchée près du feu ?

Émilie acquiesça, le nez enfoui dans la veste de son père.

— Et qui est-ce, à côté ?

M. Kane s'écarta délicatement et se pencha vers le coussin.

— C'est Lizzie, l'agnelle.

Émilie lui raconta qu'elle avait trouvé la maman brebis sur le point de mettre bas.

— Curly va très mal maintenant. Richard a dû appeler le vétérinaire. La mère de Lizzie lui manque… C'est pour ça qu'elle reste avec Patch.

— Lizzie ? répéta son père.

Émilie hocha la tête, le regard rivé au sol.

— Ta maman te manque beaucoup, hein, Émilie ? dit-il doucement.

— Tout le temps, avoua-t-elle.

Il passa son bras autour de ses épaules.

— Est-ce que tu as parlé d'elle dans ton journal ?

Émilie acquiesça.

— Mais je ne veux pas le lire tout haut, papa.

— Et moi, est-ce que je peux le lire ?

Elle lui tendit le cahier et vint se blottir contre lui dans le canapé, les genoux ramenés contre sa poitrine.

Son cœur tambourinait alors que les yeux de son père parcouraient les mots qu'elle avait écrits un peu plus tôt dans la soirée.

M. Kane referma le journal et laissa échapper un soupir.

— Je donnerais n'importe quoi pour te rendre ta mère, confia-t-il en la serrant contre lui.

— C'est vrai ?

Émilie leva les yeux vers lui. Le visage de son père était baigné de larmes.

— Bien sûr.

Il lui ébouriffa les cheveux.

— Je ne peux même pas imaginer à quel point ça doit être dur pour toi.

— Kerry a dit que si j'écrivais ce que je ressens, ça ferait moins mal.

— Est-ce que ça a marché ?

— Peut-être. Je ne sais pas.

Émilie avait toujours le cœur gros.

M. Kane remit le journal dans le sac de sa fille, puis il l'étreignit à nouveau.

— Pardon, pardon de ne pas avoir été là quand tu avais besoin de moi.

Émilie ne répondit rien ; mais c'était agréable de sentir ses bras chauds autour des siens.

— Je t'aime très, très fort, Émilie. Denise aussi. Elle t'admire beaucoup. Elle te trouve très intelligente, drôle et jolie. Mais elle est si fatiguée et énervée en ce moment qu'elle oublie de te le dire. Et Léo t'adore. Tu n'as jamais remarqué comme ses yeux brillent quand il te voit ?

Émilie se rappela le sourire de Léo quand il s'était réveillé dans le salon.

— Pourquoi est-ce qu'il pleure autant ?

Son père rit.

— C'est un bébé. Il ne connaît pas les mots pour exprimer ce qu'il ressent, alors il pleure. Crois-moi, tu étais exactement pareille !

M. Kane se tourna vers sa fille.

— On ne veut que ton bonheur, Émilie. Je sais que c'est dur pour toi d'avoir un nouveau petit frère alors que tu viens à peine de perdre ta maman. Et c'est vrai, Denise et moi ne sommes pas parfaits, mais nous sommes ta famille et nous t'aimons.

Émilie acquiesça.

— Personne ne peut remplacer ta mère, ajouta-t-il au bout d'un moment. Elle te manquera toujours, c'est certain. Elle me manque aussi. Mais n'oublie pas que nous sommes là, et nous dépasserons ça tous ensemble.

Émilie regarda le coussin face au feu. Patch s'était pelotonnée contre Lizzie pour la protéger. La chienne souleva la tête, comme si elle sentait qu'Émilie était en train de la regarder, et elle remua la queue très lentement pour ne pas réveiller sa nouvelle amie.

Soudain, la sonnerie du téléphone portable du père d'Émilie retentit dans la grange silencieuse. M. Kane se leva pour répondre. Patch redressa la tête et jeta un glapissement inquiet.

— Tout va bien, Patch, la rassura Émilie.

— Ah, Denise ! dit son père au téléphone. Elle va bien, Dieu merci. Je suis avec elle, là.

Il sourit à Émilie puis reprit :

— Nous allons dormir ici. Je t'expliquerai demain matin. Émilie a besoin d'être à la ferme et je vais rester avec elle. D'accord ? Oui, je lui dirai. Je t'aime aussi !

Il raccrocha et rangea le téléphone dans sa poche.

— Denise t'embrasse, déclara-t-il en se rasseyant dans le canapé. Elle est soulagée de savoir que tu vas bien.

Il passa un bras autour d'elle. Émilie se blottit contre lui.

— Je suis contente que tu sois là, papa, murmura-t-elle.

Chapitre treize

Le coq de la Petite Ferme chantait, annonçant à la cantonade qu'il était temps de se réveiller.

Émilie s'étira et bâilla. Elle ouvrit les yeux et découvrit les grosses poutres en bois au-dessus d'elle. La veille, elle s'était endormie en un clin d'œil, à côté de son père, sur des coussins carrés qu'ils avaient posés au sol.

À présent, le poêle s'était éteint et la lumière grisâtre qui venait de la fenêtre laissait présager un temps pluvieux.

Le coq se remit à chanter.

Le père d'Émilie roula sur les coussins.

— Émilie ? Tu es réveillée ?

— Oui, papa.

Émilie s'assit et bâilla de nouveau.

Patch et Lizzie dormaient toujours, roulées en boule face au poêle.

La porte de la grange s'ouvrit sur Richard. Il soufflait sur ses mains pour les réchauffer.

— Bonjour, les salua-t-il. Je suis venu vous voir quand le vétérinaire est parti, mais vous étiez si profondément endormis que je n'ai pas osé vous réveiller.

Émilie sauta sur ses pieds.

— Comment va Curly ? Qu'a dit le vétérinaire ?

— Avec un peu de soin et de repos, elle s'en remettra. Grâce à toi, Émilie.

— *Moi* ? Je n'ai rien fait du tout.

— Tu savais qu'elle était en danger et tu es aussitôt venue me chercher. Les choses auraient été bien différentes si tu n'avais pas été là. Comment va la petite ?

Émilie désigna le coussin où dormaient Lizzie et Patch.

Un immense sourire éclaira le visage rougeaud de Richard.

— Ça alors ! Excellente idée, Émilie.

— J'avais entendu que les chiens pouvaient s'occuper d'agneaux orphelins, mais je ne l'avais jamais vu, dit M. Kane en s'asseyant et en se frottant les yeux. C'est incroyable.

— Tout à fait. Bien joué, Émilie, merci d'avoir pensé à ça.

— C'était surtout l'idée de Patch, rectifia la fillette.

La chienne leva la tête et remua la queue en entendant son nom.

Richard tendit la main vers elle.

— Eh oui, ma belle, on parle de toi.

Cette fois, Patch ne recula pas devant lui. Elle le laissa même lui caresser la tête.

— C'était ton jour de chance, ma jolie, quand Émilie t'a entendue pleurer sous le poulailler, enchaîna le vieil homme.

— Je pensais que c'était notre secret, murmura Émilie. Comment avez-vous deviné ?

Le fermier sourit.

— Je t'ai vue regarder sous le poulailler, l'autre jour. Je t'ai entendue parler avec elle. Alors je vous ai laissées seules pour que vous fassiez connaissance.

Émilie ne savait pas si elle était contente ou gênée d'apprendre que Richard connaissait toute l'histoire depuis le début.

— J'ai entendu parler de ça cette nuit. C'est super ! dit M. Kane.

Le vieil homme eut un petit rire.

— Votre fille se débrouille très bien avec les

animaux. Nous pourrons bientôt faire d'elle une vraie fermière.

Un frisson d'excitation parcourut Émilie. Deux jours plus tôt, elle aurait détesté entendre Richard (ou n'importe qui d'autre) dire ça. Ça l'aurait contrariée, alors qu'aujourd'hui elle était folle de joie.

Un bêlement les fit se retourner.

Lizzie était réveillée. Elle essaya de se redresser sur le coussin, tandis que Patch lui léchait les flancs.

— C'est l'heure du petit déjeuner, déclara Richard.

Il sortit un biberon de lait de sa poche et le tendit à Émilie.

— Tu sais comment t'y prendre. Je retourne chez moi préparer quelque chose d'un peu plus appétissant pour les humains.

Il allait passer la porte quand des bruits de pas résonnèrent dans la cour. Jack et Anita étaient arrivés.

— On est en avance, je sais ! haleta la fillette. Mais on voulait voir Curly ! Est-ce qu'elle va bien ?

— J'ai pensé à elle en ouvrant les yeux ce matin, ajouta Jack. Il fallait que je vienne le plus vite possible.

Lizzie poussa un bêlement. Anita et Jack sursautèrent et l'observèrent, bouche bée.

— C'est le bébé de Curly ! s'écria Anita.

— Oui, c'est une agnelle, annonça Richard. Curly a mis bas peu avant minuit.

— Pourquoi elle n'est pas avec sa mère ? demanda Jack en fronçant les sourcils.

Richard expliqua que Curly avait mal vécu l'agnelage, et qu'elle et son bébé auraient pu mourir.

— Grâce à Émilie, qui m'a averti, tout va bien. Le vétérinaire est venu. Curly doit prendre un traitement et elle ira mieux.

— Et l'agnelle ? interrogea Jack.

— Émilie s'en occupe, fit Richard en la désignant. Peut-être qu'elle pourrait montrer à Anita comment lui donner le biberon, pendant que toi et moi allons voir comment va Curly ?

— Je viens avec vous, proposa M. Kane. Je veux rencontrer cette fameuse Curly, la star de la ferme !

— Tu l'as déjà vue, papa, le premier jour, dit Émilie.

Elle ne voulait pas qu'il s'en aille. Rester seule avec Anita ne l'enchantait guère. Et si elle était toujours fâchée ?

— Oui, mais nous n'avons pas été présentés comme il se doit ! déclara M. Kane en suivant Richard et Jack hors de la grange.

Émilie observa Anita. Elle portait son bonnet de laine aujourd'hui, avec des mitaines assorties, et un long manteau gris qui touchait presque le sol. Ses yeux brillaient d'excitation quand elle regardait Lizzie et Patch. Ça n'avait pas l'air de la déranger de se retrouver seule avec Émilie.

La fillette lui passa le biberon et elles s'approchèrent du coussin. Lizzie avait recommencé à bêler.

— Ouah ! s'émerveilla Anita. Elle est tellement mignonne !

— Non, pas comme ça, conseilla Émilie alors qu'Anita prenait Lizzie dans ses bras.

Elle lui montra comment caler la tête du bébé brebis entre ses genoux et tenir le biberon au-dessus de sa gueule.

— C'est ça ! Comme si elle tétait sa mère.

Anita suivit les instructions d'Émilie, et l'agnelle agrippa la tétine avec enthousiasme.

— C'est bien, Lizzie ! s'écria Émilie.

Anita eut l'air étonnée.

— Lizzie ?

— Je lui ai donné le nom de ma mère.

— Cool ! fit Anita. Lizzie l'agnelle ! J'adore. Tu veux la reprendre ? C'est toi l'experte.

— Non, ça va.

Émilie était soulagée, Anita ne lui en voulait plus d'avoir été si méchante avec elle.

— C'est la chose la plus géniale que j'aie jamais faite ! souffla Anita. J'aurais aimé que Jack me voie.

Malgré le froid piquant, Jack transpirait à grosses gouttes en courant sur le sentier, accompagné de Richard et de M. Kane. Et si le vétérinaire s'était trompé et que l'état de la brebis avait empiré ?

— J'aurais aimé être là cette nuit, dit-il en arrivant à l'écurie.

— Ça aurait été bien, c'est vrai, regretta le fermier en ouvrant la porte. Vous auriez formé une bonne équipe, Émilie et toi.

Curly était debout, mastiquant du foin avec appétit.

— Ouah ! s'écria Jack.

Richard sourit.

— Eh oui ! En pleine forme !

Curly tourna la tête vers eux, comme pour les saluer. Elle trotta vers Jack, reniflant sa poche.

— Voilà pour toi !

Il sortit un paquet d'abricots secs.

— Cadeau !

— Difficile d'imaginer qu'elle allait mal hier encore, remarqua M. Kane pendant que Curly prenait le fruit dans la paume de Jack. Et qu'en est-il de Lizzie ? Si sa mère va mieux, est-ce qu'il ne faudrait pas les réunir ?

Jack donna un autre abricot à Curly.

— Peut-être qu'elle ne voudra plus de son bébé, maintenant.

— Pourquoi ? s'étonna M. Kane.

— Jack a raison, approuva Richard. Parfois, une brebis qui a été séparée de son agneau peut le rejeter. Elle ne reconnaît pas son odeur, surtout s'il a été manipulé par des humains.

Richard eut l'air pensif.

— Mais ça vaudrait le coup d'essayer. Et je sais exactement qui saura réconcilier Curly et son petit.

Émilie tint Lizzie au creux de son bras pendant que Richard ouvrait la porte du box de Curly.

— Fais attention ! l'avertit Jack. Curly pourrait mal réagir et attaquer l'agnelle, si elle ne la reconnaît pas.

Émilie ne savait que penser. D'un côté, elle souhaitait que l'agnelle retrouve sa mère, mais de l'autre, elle aurait préféré continuer à prendre soin de Lizzie elle-même.

Richard hocha la tête.

— C'est possible. Nous avons frotté Lizzie avec un linge propre pour qu'elle ne sente pas trop le chien ou l'homme. Il se peut qu'elle la reconnaisse !

Couchée sur la paille, la brebis regarda autour d'elle et bêla.

Lizzie se trémoussa dans les bras d'Émilie et lui répondit d'un petit cri.

Curly écouta, les yeux brillants.

Richard l'observait. Puis il dit :

— Je crois que c'est bon. Tu es prête, Émilie ?

La fillette acquiesça. Lizzie bêla de nouveau. Elle n'avait qu'une envie : descendre rejoindre sa mère.

Le fermier tapota l'épaule d'Émilie.

— Laisse-leur du temps. N'interviens pas. Nous allons rester dehors, mais nous sommes là, si tu as besoin de nous.

Émilie entra dans le box et Richard referma la porte derrière elle. La fillette déposa Lizzie au sol, et l'agnelle se dressa sur ses pattes flageolantes. Curly ne la quittait pas des yeux.

— Bêê-êê !

Lizzie zigzagua en direction de sa mère. Comme elle ne savait pas encore bien marcher, au bout de quelques pas, elle s'étala sur la paille.

Émilie voulut l'aider, mais elle se rappela le conseil de Richard et attendit.

Lizzie démêla ses longues pattes et réussit à se

remettre debout. Curly avait une drôle d'expression sur le visage.

— C'est ton bébé, l'encouragea Émilie.

La brebis regarda tour à tour la fillette puis Lizzie.

Elle s'avança vers l'agnelle et lui flaira la tête.

Émilie retint sa respiration.

À présent, Curly léchait le petit corps de son bébé.

« Ça va marcher ! »

Lizzie tituba et manqua de tomber à nouveau. Émilie éclata de rire.

— Fais attention, Curly ! Tu es en train de la pousser !

Mais Lizzie était de plus en plus stable sur ses pattes. Une fois propre, elle fit le tour de sa mère, à la recherche de ses mamelles.

— Plus à gauche… Non, plus à droite ! la guidait Émilie en se retenant de pouffer.

Lizzie trouva enfin le lait tant attendu, et elle commença à téter.

— Hourra ! murmura Anita en lorgnant à travers la porte.

Elle applaudit en silence avec ses mitaines.

— Bien joué, Émilie, la félicita Jack.

Quand Lizzie eut fini de boire, la brebis et l'agnelle se couchèrent sur la paille, l'une à côté de l'autre. Elles n'avaient plus besoin d'Émilie. Elle eut un pincement au cœur en comprenant qu'elle ne nourrirait plus jamais la petite agnelle au biberon. Mais Lizzie et Curly avaient l'air si heureuses !

Jack et Anita l'attendaient à l'extérieur.

— Où sont mon père et Richard ? demanda Émilie.

Elle se sentait gênée. Elle avait eu tant de mauvaises pensées envers Jack, et elle avait été si méchante avec Anita... Comment allaient-ils réagir ?

— Ils préparent le petit déjeuner, répondit Anita en sautillant. Allons-y, j'ai trop faim ! Pas toi, Émilie ?

Les yeux de Jack brillaient d'admiration sur le chemin de la maison.

— C'était génial, ce que t'as fait avec Curly et l'agnelle. Tu ne t'en es pas mêlée, tu as été patiente. Richard a raison. Tu as un vrai don avec les animaux !

Émilie rougit. Ils étaient si gentils avec elle...

— Je n'ai vraiment pas été sympa, s'excusa-t-elle. Surtout avec toi, Anita. Je suis désolée.

— Merci ! Mais c'est oublié, maintenant. En plus, ce n'était pas ta faute. Tu te sentais mal à cause de ta mère.

Jack acquiesça.

— Ça a dû être horrible de la perdre. Je me souviens quand mon grand-père est tombé malade et qu'on a dû quitter la ferme de Hilltop. J'ai cru que je ne serais plus jamais heureux.

Il eut un petit rire.

— Si tu m'avais vu, quand je suis arrivé ici ! J'étais pire que toi... J'étais en colère contre tout le monde. J'avais peur qu'on me trouve bête.

Anita sourit.

— Ça va pas la tête ? Tu n'es peut-être pas un champion en orthographe, mais tu es hyper intelligent.

— Assez intelligent pour ne plus être en colère du tout, répondit Jack. Ou pas contre les autres, en tout cas.

— La Petite Ferme est le meilleur endroit que je connaisse, s'enthousiasma Anita. Je me sens mieux, là, mais après mon traitement contre la leucémie, j'étais tout le temps épuisée. Je ne faisais que traîner dans le canapé toute la journée et je ne voulais même pas regarder la télé. Ma mère était super inquiète parce que je ne mangeais rien...

Émilie était surprise d'entendre ça, même si elle savait qu'Anita avait été malade.

— Mais tu débordes d'énergie ! Tu es toujours en train de courir partout, de parler et de...

— … manger ! l'interrompit Jack.

— C'est vrai ! reconnut Anita avec un gloussement. J'ai tout le temps faim.

— Tu te souviens quand tu as battu le record du plus grand nombre de cookies avalés à la cafétéria ? la taquina Jack.

Anita gloussa de plus belle. Son rire était si communicatif qu'Émilie ne put s'empêcher de l'imiter. Il y avait longtemps qu'elle n'avait pas ri ainsi. Patch bondit et lui lécha la main, les yeux brillants. Émilie observa les visages enjoués de Jack et Anita.

« Je ne suis plus seule, songea-t-elle alors qu'ils dévalaient le sentier ensemble. J'ai trois amis merveilleux… »

— Les enfants !

M. Kane les appelait depuis le seuil de la maison.

— Qui veut des œufs brouillés ? Il y a aussi du bacon, des toasts et du jus d'orange.

Le trio courut vers lui, Patch sur leurs talons. Alors qu'ils s'installaient à l'imposante table de la cuisine, la chienne se faufila dessous et s'assit aux pieds d'Émilie.

— Elle ne tremble plus, remarqua la fillette. Je pense qu'elle n'a plus peur d'approcher les autres, maintenant.

Richard faisait le service, le visage encore plus rouge que d'habitude après avoir cuisiné.

— C'est l'effet « Petite Ferme ». Ça marche à tous les coups, dit-il en riant.

Le père d'Émilie, installé à l'autre bout de la table, se servit une longue tranche de bacon et sourit à sa fille.

Elle lui rendit son sourire. Sous la table, quelque chose de doux lui effleura la cheville. Patch remuait la queue pour lui montrer combien elle était heureuse, elle aussi.

Épilogue

Deux semaines plus tard, Émilie aidait sa belle-mère à préparer Léo pour sortir.

— Est-ce que je peux lui mettre ses bottes ?

Elle adorait les bottes en caoutchouc jaunes de son petit frère. On aurait dit un mini marin.

— Pourquoi pas ? consentit Denise en examinant son rouge à lèvres dans le miroir. Il ne pleut pas pour l'instant, mais il aime bien les porter.

— Mmm ! approuva Léo tandis qu'Émilie enfonçait ses pieds dans les chaussures et le déposait dans la poussette.

La fillette pouffa.

— Mmm ? Qu'est-ce que tu essaies de dire ? « Maman » ?

Léo s'esclaffa.

Denise leur sourit.

— Je pense plutôt qu'il essaie de dire « Émilie ».

— Prêts ?

M. Kane descendit l'escalier à toute allure. Il avait pris une matinée de congé pour déposer sa fille à l'école le jour de la rentrée.

— Oui ! répondit Denise. Fin prêts.

— Comment tu te sens, Émilie ? voulut savoir son père.

La fillette était à la fois nerveuse et contente de retourner à l'école. Elle était sûre qu'elle réussirait à s'y faire des amis, à présent. Et le week-end, elle pourrait retourner à la Petite Ferme et retrouver Anita, Jack et les animaux. Surtout Curly et Lizzie.

— Ça va, papa, allons-y.

Son père et Denise avaient tenu à l'accompagner avec Léo.

— Attendez ! On oublie quelqu'un...

M. Kane attrapa une laisse bleue sur le portemanteau.

— Oh, non ! Comment j'ai pu faire ça ? Où est-ce qu'elle se cache ?

Émilie prit la laisse.

— Patch ! On va se promener !

Il y eut un bruit de griffes sur le parquet : la

chienne noire et blanche déboula de la cuisine, où elle dormait dans son panier, près du sèche-linge. Elle bondit et lécha le menton de sa maîtresse.

Émilie la fit s'asseoir puis lui passa la laisse autour du cou.

— Tu viens avec nous ! s'exclama-t-elle.

— Mmm-mm ! intervint Léo, tout sourire, en tendant ses bras vers elles.

Émilie éclata de rire.

— Là, il a dit « Patch » !

— Elle fait partie de la famille, maintenant, notre Patch, sourit M. Kane.

Le soleil brillait quand ils s'engagèrent sur le chemin de l'école. Il y avait déjà des fleurs dans les arbres, et Léo faisait coucou à toutes les jonquilles et tulipes qu'il voyait. La chienne remuait la queue, postée aux pieds de sa maîtresse.

Émilie leur dit au revoir devant le portail de l'école. Le sourire aux lèvres, elle les regarda s'éloigner sur le trottoir. Son père et Denise se tenaient la main, et Patch trottinait fièrement à côté de la poussette.

Un groupe de filles passa devant Émilie en riant. Elle ramassa son cartable et courut les rejoindre, prête à entamer cette nouvelle journée d'école.

FICHE D'IDENTITÉ

RACE : Border collie femelle
NOM DE L'ANIMAL : Patch

J'AIME :

Jouer avec Émilie, faire de longues promenades, rapporter la balle.

JE DÉTESTE :

Quand il y a trop de bruit ou qu'il fait froid.

L'ENDROIT QUE JE PRÉFÈRE :

Le bout du lit d'Émilie.

MON REPAS PRÉFÉRÉ :

Les biscuits en forme d'os et toutes les friandises pour chien.

Découvre vite la prochaine aventure de

Mission Bonheur

Un cheval de rêve

Zoé leva les yeux au plafond. Elle avait tiré les rideaux autour de son lit pour ne plus entendre le brouhaha de la salle, remplie d'infirmières, de parents bavards et d'enfants turbulents. Avec cette protection, elle se sentait mieux. Comme dans un cocon.

Le regard de la fillette se posa sur le plâtre qui couvrait sa jambe droite du genou aux orteils, puis elle ferma les yeux. Les images de sa dernière course défilaient en boucle dans son esprit ; elle se rappela la sensation de vitesse au moment où elle dépassait les autres coureurs et franchissait la ligne d'arrivée. À la fin, son entraîneuse lui avait dit qu'elle pourrait se présenter aux jeux Olympiques, si elle continuait comme ça. C'était un des plus beaux jours de sa vie. Sur le chemin du retour, elle s'imaginait déjà en championne… quand quelqu'un avait foncé dans la voiture de sa mère.

Les docteurs avaient expliqué à Zoé que sa jambe était cassée. Elle devrait faire de la rééducation, et sans doute boiterait-elle définitivement… Surtout, elle ne pourrait plus participer aux compétitions d'athlétisme.

Zoé se sentait épuisée. Des larmes coulèrent sur ses joues. Elle les essuya avec rage.

— Bonjour, ma chérie !

Les rideaux s'écartèrent et sa mère apparut. On aurait dit une version plus âgée de Zoé, grande et mince, la peau noire et de longs cheveux tressés.

— Coucou, maman, bredouilla la fillette.

— Ça y est, c'est le jour J ! Il est temps de rentrer à la maison.

Zoé se mordit la lèvre. Elle avait hâte de rentrer chez elle, mais cela lui faisait aussi bizarre. Rien n'aurait changé là-bas, alors que pour elle tout était devenu différent.

Sa mère avait dû sentir son chagrin.

— Oh, Zoé ! murmura-t-elle avant de s'asseoir au bord du lit et de jouer avec les tresses de sa fille.

Je sais que c'est dur pour toi, mais tu te sentiras mieux à la maison. Je te le promets. Nous avons descendu ton lit et tes affaires dans le bureau au rez-de-chaussée pour que tu n'aies plus à monter à l'étage. Tu verras, les choses vont peu à peu revenir à la normale.

— À la normale ? reprit Zoé, la mine sombre.

— Oui, comme avant.

Zoé détourna la tête. Sa mère essayait d'être gentille, n'empêche qu'elle n'avait aucune idée de ce qu'elle vivait. Une chose était sûre : sa vie ne serait plus jamais *comme avant*.

Ouvrage composé par
PCA-44400 REZÉ

Cet ouvrage a été imprimé
en Espagne par
Industria Grafica Cayfosa
(Impresia Iberica)

FSC
www.fsc.org
MIXTE
Papier issu de
sources responsables
FSC® C003309

Pocket Jeunesse, une marque d'Univers Poche,
est un éditeur qui s'engage pour
la préservation de son environnement
et qui utilise du papier fabriqué à partir
de bois provenant de forêts gérées
de manière responsable.

PKJ • www.pocketjeunesse.fr
POCKET JEUNESSE

12, avenue d'Italie – 75627 PARIS Cedex 13